さいきくすお のサイなん

# Ψ難

RASTORY OF PSYCHICS

エクストラ・ストーリー・オブ・サイキックス

JN306852

【小説】JUMP j BOOKS

麻生周一／ひなたしょう

ノベライズを読むほどの
きみならわかってる
と思うが　一応
登場人物紹介だ
斉《さい》木《き》楠《くす》雄《お》
テレパシー、サイコキネシス、透視、
予知、瞬間移動、千里眼などなど…
超能力を操るクールな高校生。

## STORY

彼の名前は斉木楠雄、超能力者である。誰もが羨む才能も、本人にとっては不幸の元凶。それ故に、人前では超能力を封印し、目立たず、人と関わらずをモットーに暮らしてきた斉木だったが、どこかワケありなクラスメートたちが急接近！　回避不可能な災難が斉木を襲う…!!　この小説は、そんな斉木と濃すぎるクラスメートたちの日常番外編である。

相棒とラーメン食いに行くぜ！
グッ
燃《ねん》堂《どう》 力《りき》
斉木を相棒と呼ぶミステリアスバカ。その行動は超能力者にも読めない…。
海《かい》藤《どう》 瞬《しゅん》
誰もが認める中二病。秘密結社「ダークリユニオン」と戦う自称・漆黒の翼!?
ノベライズでも俺の雄姿が
拝めるとはな！
スウゥ
照《てる》橋《はし》心《ここ》美《み》
かわいいだけじゃなくやさしい完璧な美少女。
そう 私は完璧な美少女
わかってるじゃないの
ネバギバッ《NEVER GIVE UP》!!
灰《ハイ》呂《ロ》杵《キネ》志《シ》
クラスの学級委員。熱血さわやかBOY。
高《たか》橋《はし》
斉木の同級生。
俺の紹介これだけ!?

CONTENTS


第1χ《カイ》
引き当てろ！ESPカード 009
斉木楠雄の幕間❶ 052

第2χ《カイ》
取り戻せ！失った記憶 059
斉木楠雄の幕間❷ 096

第3χ《カイ》
食いきれ！ラーメンひのき 101
斉木楠雄の幕間❸ 126

第4χ《カイ》
物語れ！漆黒の翼 135
斉木楠雄の幕間❹ 168

第5χ《カイ》
回避せよ！Ψ《サイ》悪の結末 173

あとがき 206


ESP

斉木楠雄のΨ難
EXTRA STORY OF PSYCHICS


★この作品はフィクションです。実在の人物・団体・事件などには、いっさい関係ありません。

# 第1X《カイ》

## 引き当てろ！　ESPカード

僕の名前は斉木《さいき》楠雄《くすお》。超能力者だ。

さっそくだが、今君が思っていることを当ててみせよう。

(うわっ、なんだこれ⁉　マンガかと思って買ったら文字ばっかじゃねーか！)

どうだ？　当たっただろ？

いや、それとはまた違う心の声も聞こえるな……。ふむ、なになに……？

(マンガの大ファンだから関連商品であるノベライズも買うに決まっているさ！　はあ、それがたとえどんなに駄作《ださく》であったとしてもね……)

うん。なるほど。ありがとう。君はあとで体育館の裏に来い。空を飛んでみたくないか？　今ならもれなく壁の染《し》みになれるキャンペーンも実施《じっし》中だ。

——と、まあ冗談はさておき、君は超能力についてどう思う？

たとえば、言葉を交《か》わすことなく心の声で他人と通信することができるテレパシー。

たとえば、念じただけで物体を操《あやつ》ったり破壊したりすることのできるサイコキネシス。

たとえば、裏返しのカードや壁の向こうなどを透《す》かして『視《み》る』ことができる透視。

たとえば、これから起きる未来の出来事を前もって知ることのできる予知。

たとえば、物や人を離れた場所に瞬時に送ることができるテレポート。

たとえば、その場を動くことなく遠くを見通すことのできる千里眼《せんりがん》。

などなど、常人にはないこの特殊な力。不可能を可能にしてしまう、世界の法則すら歪《ゆが》めてしまうこんな力を、君は欲しいと思うだろうか？

これらすべての力を持っている超能力者として断言しよう。

超能力など、ない方がいい——と。

あった方が便利？　とんでもない。人とは違う特殊な力を持ってしまったがゆえに、幼い頃より僕がどれほど苦労してきたか、君は知らない。超能力によってたいていのことならなんでもできてしまう人生なんてろくなものじゃない。

たとえば——さっきから『たとえば』が多くて恐縮だが、とにもかくにも今すぐ一例を挙《あ》げてみせよう。前述《ぜんじゅつ》のテレパシーだ。

テレパシー。他人の心の声を聞けてしまう力。この力を使えるがゆえに、僕の頭の中には四六時中他人の心の声が流れ続けている。耳の奥にラジオがあって、そのラジオのすべての周波数を一度に受信しているような感じ——とでも言おうか。ちなみに、そのラジオ、なにか知らないが無限のエネルギーを動力としていて、僕の意思では電源を切ることができない。

だから、こうして学校へ行くためにひとり通学路を歩いているときでさえ、僕の頭の中には無数の人の声が響《ひび》き渡《わた》っているのだ。

すれ違う真面目《まじめ》そうなサラリーマンの心の声が聞こえる。

(ああ～仕事行きたくねー。宝くじ当たったら絶対あのハゲぶん殴《なぐ》って辞《や》めてやる……)

自転車で通り過ぎていく女子高生の心の声が聞こえる。

(ああ～将来マジで不安だわー。マジで宝くじとか当たんないかな……)

さらには、周囲にある住宅の中にいる人間の心の声まで聞こえてくるのだ。

(ああ～もう小説全然売れねー。予定では今頃宝くじが当たっていたはずなんだ……)

なるほど、あの家にはどうやら売れない作家が住んでいるのだなとわかったりする。

ていうか、宝くじばかりだな。まったく、朝から景気の悪い話を強制的に聞かされる方の身にもなってくれ。

——と、このように望んでもいないのに相手の心の内がわかってしまうこのテレパシー能力。人間には裏表というものがある。仕事に向かう真面目そうなサラリーマンが、まさか脳内では宝くじが当たったらデスクに飛び乗り天を仰《あお》ぎ見て雄叫《おたけ》びをあげたのち上司に飛びかかろうなどと考えているなんて、誰が想像できるだろうか。僕にはダイレクトにその声が聞こえてくるのだからたまったものではない。僕でなければ三秒くらいですぐさま人間不信に陥《おちい》ることだろう。

しかし、この能力を持っていると、人間というものは本当に複雑な精神構造をしている生き物なのだなとつくづく思う。笑顔で接しながら心の中では暴言を吐《は》いていたり、すごく仲の良さそうなお似合いのカップルに見えて、お互い大いなる打算とこれでもかというくらいの妥協《だきょう》のもと一緒にいたり、明るく振る舞っている人が実は深刻な悩みを抱《かか》えていたりと、本当に複雑だ。

さらには、今僕の目の前では、まるでロールプレイングゲームにでも出てくるかのような勇者のコスプレをした男がふたりの警察官に職務質問をされているというなんとも複雑な光景が繰《く》り広《ひろ》げられているわけなのだが、朝っぱらから通学路に不審者《ふしんしゃ》が現れるなんて、誰が想像できるだろうか。超能力者である僕にすらこの光景は想像できなかった。

勇者のコスプレをした男が、涙目《なみだめ》になりながらなにやら説明をする。

「ち、違うんすよォ……これは罰《ばつ》ゲームで、無理矢理こんな格好させられて……ヒィ……これ着ないと、一生西武《せいぶ》池袋《いけぶくろ》線に乗っちゃダメって……オェ……ルールでぇ……」

しどろもどろになりながらも、必死に今の状況を説明する勇者コスプレの男。なんだ、友達と遊んでいて、罰ゲームでふざけた格好をしていただけだったのか――なんて彼の話

を聞いている警察官は思うことだろう。そして実際にそう思ったということが、この僕にはわかるのだ。

しかし――

（ククク……とりあえず謝《あやま》っておけば警官なんてチョレーもんよ……！）

当の勇者コスプレをした男は、平身低頭しつつも、その頭の中ではこんなことを考えていたりするのだ。僕にはそれもわかってしまう。

ちなみに今さらだが、丸括弧《まるかっこ》は（心の声）。カギ括弧が「通常のセリフ」だ。どうだ？　本音《ほんね》と建前《たてまえ》。裏と表がよくわかるワンシーンだったろう。まったく……僕はもう慣《な》れてしまったが、四六時中これだ。嫌《いや》だろう？

それでも君は、超能力はあった方が便利だと思うだろうか？　なに？　自分は超能力者じゃなくて本当によかった……だって？　そんな君の心の声もまた、こうして僕には聞こえてしまう。まったく、やはり超能力などろくなものじゃない。

学校での僕のポジションは、可もなく不可もなしといったところで、ことさらなにか優《すぐ》れていて目立つこともなければ、かといって遅刻をしたり忘れ物をしたり成績が悪かったり運動音痴《おんち》だったりするわけでもないという、ごくごくふつうの平凡で目立たない、これといってたいした印象のない生徒という感じだ。

学校を卒業した次の日には、キレイさっぱり忘れてしまう程度の存在――そんなクラスメートが僕だ。言われてみれば顔は思い出せないけれど、そういえばそんなやつもいたなあと思われるのがいいところだろう。

無論、僕としてはそれでいい。僕が望んでいるのは、まさにそのような人間関係なのだ。僕が超能力者であることがバレてしまったらいろいろと面倒なことになる。何事《なにごと》もなく静かに平穏《へいおん》に暮らしていければ、そして時には大好物のコーヒーゼリーでも食べていられれば、それだけで僕は満足だ。

だから僕はクラスメートとは極力距離を置いて過ごすようにしている。しかし、ただただ距離を置いて休み時間に寝たふりや、お昼休みにトイレでランチを摂《と》っているわけではない。僕は平穏な日常を守るための努力を怠《おこた》らない。こう見えて、クラス内の人間関係には常《つね》に気を配っている方だ。僕は意識して自分を当《あ》たり障《さわ》りのない、まさに空気のような存在にしているのだ。そして、目立たないからといって、決してないがしろにされることはないそんな存在にしているのだ。そう、ここが重要だ。目立たない存在でありながら、それがマイナスに働くことがない存在になるというのは、実は思いのほか難しい。目立たないということで、逆に目立ってしまったら本末転倒だからな。

空気のような存在――このポジションをキープするのには、意外と神経をすり減らす必要がある。

しかし努力の甲斐《かい》あってか、そしてほんの少しのマインドコントロールの甲斐あってか、僕は意識はされない――しかし、いるのが当たり前であるくらいの絶妙なポジションに落ち着いている。空気は目には見えない。常日頃《つねひごろ》から意識して肺に酸素を取りこんで呼吸をしているなんて人はいない。しかしそうであっても、ある日突然この地球上から空気がなくなってしまえば皆は困るだろう？　まあ、僕は平気だが。

そして今日もまた、教室に入ると僕は真《ま》っ直《す》ぐ自分の席に向かった。誰かに朝の挨拶《あいさつ》をすることはない。空気のような存在はそのように目立つことはしない。

鞄《かばん》を置いて中から教科書やノートを取り出したら、僕は持ってきた小説をパラパラとめくった。朝のホームルーム前の教室では、登校してきたクラスメートがそれぞれ二、三人のいわゆるいつものグループに分かれてゲームの話や昨日観《きのうみ》たテレビ番組の話などで盛りあがっていた。誰も僕のことは気にしないし、誰も僕のことを考えてもいない。これでい い。空気のような存在は、先生が来るまで文庫本片手に、ひとり静かに読書を楽しむことにする。小説はいい。フィクションの世界相手なら、僕の超能力は基本的には届かない。

挟《はさ》んでいたしおりを取り出し、続きを――

「お？　相棒！　ラーメン食い行こうぜ！」

——今来たばかりなんだが……。

突如《とつじょ》背後から声をかけられ、びくりとその声に反応してしまった僕は、持っていた文庫本を机の上に取り落とした。文庫本がパタンと閉じられる。手には取り出したばかりのしおりが。ああ……どこまで読んだのかわからなくなった……。

取り落とした文庫本を拾いながら、しかし僕は振り返ることはしなかった。野太いその声を聞いただけで、振り返らずとも誰だかわかる。声をかけてきたのは、背が高くガタイのいい強面《こわもて》のクラスメート——燃堂力《ねんどうりき》である。

燃堂は、その見た目通り不良で、言葉遣《づか》いも悪く空気も読めないため、クラスメートから恐れられているというよりもウザがられて距離を置かれているというケツアゴの存在で、ひょんなことから空気のような存在であるこの僕に絡《から》んでくるようになったのだ。

こういった輩《やから》は、実は過去にも何人かいた。

空気のような存在である僕に、同じくクラスであぶれたやつがなんらかのシンパシーを感じて近づいてくることがある。面倒くさいが、こういった輩はしばらく放置していればたいていは勝手に去っていくものだ。

しかしこの男、燃堂は違った。

なぜか僕のことを気に入っているらしい燃堂は、その持ち前の空気の読めなさとケツアゴで「お?」だとか「相棒」だとか「ラーメン」だとか言いながらぐいぐいと迫《せま》ってくるのだ。放置していても延々とひとりでしゃべり続けてひとりで笑いだすという、まさにキングオブ空気読めない――それがこの燃堂力という男なのである。

まったく……学校一の空気VS宇宙一の空気読めないでは分《ぶ》が悪いことこのうえない。

しかしだ。それだけならまだしも、だ。問題はもっと他にある。

パラパラと、先ほどまで開いていたページを探しながら、僕は静かに溜息《ためいき》をついた。

超能力者である僕が、無防備にも背後から声をかけられ、あまつさえその声に驚いて持っていた本を取り落とすなどということが、あるはずもないのだ。ふつうは。

なぜなら、前述の通り僕にはテレパシーがある。教室内の会話だけでなく、教室にいるすべてのクラスメートの心の声まで僕には聞こえているのだ。

だから、僕のことを考えている人間がいればすぐにわかるし、たとえ背後からだろうと、僕に声をかけようとしている人間がいれば事前に気づくことができる。

だが――

この人相の悪い男――燃堂の心の声だけは、なぜかまったく聞こえないのだ。

これにはさすがの僕も驚いた。超能力を失ったのではないかと思ったほどだ。

しかしそれは違った。

驚くべきことに、この男——燃堂力は、基本的に何も考えていなかったのだ。

僕は人間だけでなく、犬や猫といった身近な動物から、果てはラッコにゴリラなど、どんな動物の心でも読むことができる。人間ほど複雑でないにしろ、動物にも思考は存在する。思考がある以上、心を読むことは簡単だ。虫くらいだろうか。僕が心を読めないのは。というのも、虫ほど小さいものになると思考を拾うことすら困難になってしまうのだ。生物として人間とかけ離れすぎているからだろうか。そもそも虫に思考があるのかどうかすら僕にはよくわからない。

つまり心の読めない燃堂は、僕にとっては虫と同じ。生物としてそんなにもかけ離れているというのだろうか。燃堂について唯一《ゆいいつ》わかっていることは、何も考えていない常軌《じょうき》を逸《いっ》したアホということだけ。

それはよく言えば裏表のない人間ということにもなるが、虫と同じくらい行動が読めずおまけに空気も読めない男というのは、恐怖以外のなにものでもない。早い話が今すぐ燃堂が僕の首に手刀《しゅとう》で秘技『トン』を繰り出してきたとしても、僕には避けるどころかなす術《すべ》すらないのだ。

無視し続け本を読んでいるのにもかかわらず、燃堂はペチャクチャとなにかを言い続けている。

「だからよ、相棒。今日ヒマか？　おぉ？　ならラーメン食い行こーぜ！」

——まだ朝のホームルームすらはじまっていないんだが……。

そして僕は、この男と会うたびにいつも思うことがある。この男の脳内ボキャブラリーには「お？」と「相棒」と「ラーメン」の三つしかないのではないだろうか、と。

「そんでよぉ、その初めて入った店、うまくもマズくもなくてよ、でもなんつーか無性《むしょう》に食いたくなる味っつーかオレ様もうすっかり常連よ」

燃堂は無言でいる僕になぜここまで話しかけてくるのだろう。そしてそのラーメン屋は一度しか行ったことないのか常連なのかどっちなんだ。

「だからよォ、今日の放課後一緒に食い行こーぜ」

なんだ、放課後の話をしていたのか……。まったく、いつもいつも支離滅裂《しりめつれつ》な話し方をするやつだ。なぜ朝っぱらからそんなどうでもいいことを楽しげに話すのか。ペチャクチャペチャクチャと本当によくしゃべる男だ。しばらくみりんでも飲んでればいいのに。

そんなことを考えながら、じっと活字を眺《なが》めていると——

「フッ……斉木……こうしてまた、再びお前と出会えるとはな……」

燃堂のペチャクチャの中に、別の声が混《ま》じった。そうだった。燃堂に気を取られていて、すっかりこいつのことを忘れていた。

やって来たのは、髪の毛を必要以上に無造作《むぞうさ》にセットしたやや童顔のクラスメート——海藤瞬《かいどうしゅん》であった。包帯を巻きつけた手のひらで仰々《ぎょうぎょう》しく顔を覆《おお》いながら、海藤が続ける。

「おっと、そうだったな。俺にとっては無限にも感じられたあの戦いだったが、こちらの世界線に生きるお前にとっては、まだほんのひと晩の出来事に過ぎなかったか……」

クククと自嘲《じちょう》する海藤。

「『おはよう』……ふふっ、こちらの世界線では、確かこう言うんだったな……?」

海藤、自重《じちょう》しろ。

「『いい朝だな』……今はあえてこう言っておこうか……。束《つか》の間《ま》の平和ってやつが、この両手からこぼれ落ちていってしまわぬように、な……」

海藤、ひとつだけ言わせてもらえるのなら僕もあえてこう言っておこう……あちらの世界線に僕はいない。早く戻ってくるんだ。お前はもう高二だぞ。

一連の海藤との会話。会話というか僕は黙っていただけなので一方的なものなのだが、これが何か皆さんはおわかりだろうか？

そう——ただ、朝の挨拶をしただけ。

この男——海藤瞬は、燃堂とはまた違ったタイプの空気が読めない中二な存在で、クラスでも浮いていた。それゆえいつもひとりでいる僕にシンパシーを感じたのか、こうしてことあるごとにわけのわからないことを言いながら話しかけてくる。『戦い』だの『世界線』だのという今の台詞《せりふ》も、海藤の脳内設定から生み出された妄想《もうそう》の産物。『この台詞はフィクションです。実在の人物、団体、事件などにはいっさい関係ありません』ってやつだ。つまりはこういう面倒くさいやつなのだ。

　そして燃堂と同じく、この海藤もしつこかった。なぜか僕のことを気に入っているらしい海藤は、その持ち前の中二的思考で「組織の連中が」だとか「また不穏な風が騒ぎだした」だとか「君も気づいているんだろう……？」だとか言いながらぐいぐいと迫ってくるのだ。僕がいくら無視していても延々とひとりで脳内設定を語りひとりで悦《えつ》に入《い》るというまさにキングオブ中二病――それがこの海藤瞬という男なのだ。

　まったく……学校一の空気ＶＳ学校一の中二病では分が悪いことこのうえない。ここ最近はどうも分が悪いことが多いような気がするが気のせいだろうか。

　クラスでも浮きまくっているふたりが僕の席を囲《かこ》んでペチャクチャと話している。

　右に燃堂。左に海藤。無言のままの僕。

　勘弁《かんべん》してくれ。僕の左右にふたりも不名誉なキングがいるじゃないか。さながら悪夢のチェスといったところか。いや、これがオセロでなかっただけマシとしよう。オセロなら今頃挟まれた僕もふわふわと宙に浮きはじめている頃合いだったろうからな。

しかしこの海藤、燃堂とは違い心はふつうに読むことができる。というか、僕が心を読めない人間は、今のところ地球上で燃堂だけだ。

そんな海藤が——半分は無意識だったのだろう——ごしごしと左目をこすりだした。その様子をじっと見つめる僕に気がつく海藤。すると——

「うっ、クッ⁉　朝っぱらから暴れるんじゃあないぜ……。『漆黒の翼《しっこくのつばさ》』の名において貴様に命じる……！　鎮《しず》まれ……魔眼《まがん》のカトブレパス……ッ！」

突如左目を押さえ、芝居がかった口調でそんなことを言いだした。なおも僕が見つめていると、海藤はうつむき大袈裟《おおげさ》に「ハァハァ」と苦しげな吐息《といき》を漏《も》らしはじめた。

「くぅ……さ、斉木、あまり俺を見ない方がいい……。昨晩この左目に封印したカトブレパスのやつが再び暴れはじめたようだ……。カトブレパスは魔眼の使い手。見つめられた者は即死する……」

さらりとそんなことを言う。お前仮にその話が本当だったとしたら、そんな状態で出歩くとは正気かと言いたい。人が大勢いる学校になに平然とやって来ているんだ。一体なにを考えているのかと問《と》い詰《つ》めてやりたい。せめて眼帯でもしてこいと言ってやりたいところだが、いろいろと残念なことに海藤にとってそれはご褒美《ほうび》になってしまうしな……。

そんなことを考えながら、僕は海藤の心の声も聞いていた。ちなみに今の台詞を言いながら海藤が思っていたことがこれだ。

「くぅ……さ、斉木、あまり俺を見ない方がいい……。昨晩この左目に（イテテ、左目にゴミが入っちゃったよ。なんだろう、まつげかな？　あ、目から涙が……。どうしよう一度トイレに行って鏡を見てこようかな……）」


な？　面倒くさいやつだろう？

そしてこれは海藤の内面を見るたびにいつも思うことなのだが、お前はもう少し素直《すなお》になった方が友達できると思うぞ？

さらにこれは海藤の設定を聞くたびにいつも思うことなのだが、お前は身体《からだ》の中に邪悪《じゃあく》なモノを封印しすぎだ。先日暴れていた『右腕に封印されし暗黒覇王龍《ライトアームダークネスドラゴン》』は今どうしているのだろうか？　あれ以来ピタリと音沙汰《おとさた》がないが、やつは元気にしているのか？　僕はそれがとても気になる。

しかしそんな僕の心配もよそに、海藤が呼吸を乱しながら語りはじめた。

「ううっ……カトブレパスは組織を抜け出したこの俺を始末するために死を司《つかさど》る大天使サ

リエルが生み出した魔獣……。くっ、サリエルめ！　あれはまだ俺が『漆黒の翼』と呼ばれるようになる前の出来事だ……。今の人類では解決することができない怪事件を闇《やみ》から闇へと葬《ほうむ》り去《さ》る組織『黒十字団《くろじゅうじだん》』に所属していた俺は、組織最強の使い手の称号である『スクライドセイヴァー』を名乗り戦っていた。邪悪なるチカラの誘惑に抗《あらが》いながらも命を懸《か》けて日夜戦い続ける俺だったが、ついに滅亡の書に記《しる》された予言が現実のものとなってしまったのだ。人類に危機が迫ったまさにその瞬間、禁断の最終奥義《おうぎ》で精神体と化した俺は月に逃げたサリエルをついに追い詰めた。地球に残った仲間たちのパワーをもらい、かろうじてサリエルとの戦いに勝利した俺だったが、どうやらやつの底なしの野望だけはこの俺ですら滅することができなかったようだ……。サリエルの邪悪なる野望に目をつけたのが……そう、やつらだ……！　斉木もよく知っている、蛇《へび》をシンボルとし、『人類選別計画』を遂行《すいこう》しようとしている悪の秘密結社『ダークリユニオン』だ！」

——いや全然知らん。

海藤、そんなお馴染《なじ》みの存在みたいな感じで悪の秘密結社出されても……。ダークリユニオンはお前の脳内設定では一応『秘密』の『結社』なんだろ？　そんなものを僕がよく知っていたらダメだろうが。というか早く鏡見てこい。まつげはもう取れたのか？

まったく、苦しげな演技をしていたくせによくしゃべるやつだ。こんなに長々と設定を語るとは……。どうせなら邪悪なみりんを飲《の》み干《ほ》して浄化でもしていればいいのに。

「やつらは科学と魔術を融合させるという禁忌《タブー》を犯《おか》し、月から回収したサリエルの灰を媒《ばい》体《たい》としてカトブレパスに次《つ》いで人造の天使を生み出した……。そして再び邪魔《じゃま》者《もの》であるこの俺を――」

まだ続くのか⁉　サリエルどんだけしつこいんだ。劇場版のブロリーか。

「お？　カトブレパスか……小学生の頃を思い出すぜぇ……」

燃堂、急にどうした――⁉

それまで好き勝手にわけのわからないことをしゃべっていた燃堂が、突然海藤の話に乗っかった。僕は今すぐにでも下校したくなった。

「ふ、ふんっ、まさか貴様のような男がカトブレパスを知っているとはな」

強がっているが明らかに嬉《うれ》しそうな顔で海藤が答える。燃堂は人差し指で鼻をこすると誇らしげに答えた。

「あれよう、こう、◯《マル》がうまく描《か》けんのな。こうやってよ」

くいっ、くいっと、親指と人差し指で何かをつまんでまわすという奇妙なジェスチャーをはじめた燃堂。

「あ、ああ……そうだな。ま、魔《ま》法《ほう》陣《じん》をな……（なに言ってんだコイツ……？）」

内心焦《あせ》りながらも、海藤が話をあわせる。

「机の真ん中に穴空《あ》けて、消しゴムでゴルフとかしたよな？　な？　相棒」

うん、それコンパスだ。『パス』しかあってないな。

（魔法陣？　穴を空ける？　消しゴムでゴルフ？　この男がなにを言っているのかまったくわからないぞ……。ハッ!?　まさか組織の敵能力者による精神攻撃を今まさに受けているというのか……？　おのれ、無関係の人間にまで手を出すとは……！）

燃堂、海藤が本気で悩みだしたぞ。どうしてくれる。

「と、ともかくだ斉木。俺のこの瞳《ひとみ》には、メデューサの邪眼が宿っている。フフ、死にたくなければ迂闊《うかつ》に目をあわせない方がいいってことだ……」

カトブレパスどこ行った。みろ燃堂、お前のせいで海藤が混乱して設定ミスしだしたぞ。昨晩寝る前に必死で考えていた中のボツネタをついうっかり口にしちゃったぞ。

自身の言い間違いに気づいた海藤が、慌《あわ》てて訂正《ていせい》する。

「あっ、いや、ひ、左目がカトブレパスで……。そ、そう！　この右目にメデューサを封印したんだったなククク……」

みろ燃堂、お前のせいで海藤が両目に眼帯をつけるハメになった。前が見えないだろうが。どうしてくれる。

めまいのような感覚を覚えながら、僕は額《ひたい》に手をやった。ああ、ひんやりとした指先が気持ちいい。燃堂も海藤も、なぜこんなにも僕に話しかけてくるのだろうか？　ひと言《こと》も返事をしていないのにふたりともおかまいなしだ。

「ペチャクチャペチャクチャラーメン相棒」

店名みたいに言うな。

「ペチャクチャペチャクチャダークリユニオン斉木」

僕に変な芸名をつけないでもらいたい。

左右でそれぞれ好き勝手に語るふたりを前に、僕は朝からうんざりしていた。ガタイのいい燃堂と、小柄《こがら》な海藤。ふたりが並んでしゃべる様《さま》は、まるでお笑いコンビのようだ。ただし、『お笑いコンビ』の前に『まったくおもしろくない』という言葉がつくわけだが……。

「ペチャクチャペチャクチャクチャラッシャイラッシャイ」

そろそろ本気で転校を考えるか。

――と、僕が新天地での静かな暮らしを夢想しはじめたそのとき――

「オオッ!?　すげえっ！　当たった！」

教室の前の方から大きな歓声《かんせい》があがった。教室中の人間の視線が、声のした方向に向けられた。

「お？　なんだ？　祭りか？」

「組織の連中か……？」

燃堂が顔を上げ、海藤が振り返った。

教卓の前には、ちょっとした人垣が出来ていた。人垣の中心にいたのは、意外なことに普段あまり目立つことのない高橋《たかはし》であった。

このように、高橋がたくさんのクラスメートに囲まれてチヤホヤされているという絵面《えづら》が見られるのは非常に珍しい。たくさんの不良に囲まれてペコペコしながら調子のいいことばかりを並べ立てている絵面なら容易《ようい》に想像がつくのだが、これは一体どうしたことだろう。僕は、おそらく生まれて初めて高橋という存在に興味を持った。

人垣の隙間《すきま》から、ニヤニヤと薄ら笑いを浮かべた高橋の顔が見える。高橋は、教卓の上に並べた五枚のカードから一枚を選ぶようにと目の前のクラスメートに指示を出す。

教卓の上に置いてあったのは、自作したのであろう、厚紙でつくられたトランプ大のカードだ。それらが一枚一枚伏《ふ》せられた状態で並んでいる。

クラスメートが、表面《おもてめん》が見えないように一枚引いて、それを手で覆って隠す。

「いいか？　オレは後ろを向いているから、カードに描かれたマークをみんなで覚えてくれ」

カードを引いたクラスメートが頷《うなず》き、後ろを向いた高橋の様子を窺《うかが》いながら、仲間内でカードを確認する。

「みんな覚えたな？」

そう言って前を向いた高橋が、目を閉じて眉間《みけん》にシワを寄せながら考えこむ。

そして――

「そのカードに描かれたマークは……『丸』だァ！」

「す、すげえ！　また当たった！」

再び周囲から歓声があがった。しかしそれと同時に、

――なんだ、ただのマジックか。

僕は一瞬で高橋への興味を失った。

「お？　なんだありゃあ……？　トランプか？」

訝《いぶか》しげな顔をしてカードを見つめる燃堂に、海藤が答えた。

「あれはESP《イーエスピー》カード……！　透視などの実験を行うために組織の連中が開発した、五枚一組で使用するカードだ。くっ、まさかあいつがあんなものを持っているとはな……！」

詳《くわ》しいな海藤。そう。あれはトランプではなくESPカードだ。海藤が説明したからや

たらと中二病テイストに聞こえてしまうが、もちろん実在する代物《しろもの》である。

ＥＳＰカードとは、超能力の実験を行うために考案された五枚一組のカードだ。

カードにはそれぞれ『○《丸》』『＋《十字》』『≋《波》』『□《四角》』『☆《星》』の図柄が大きく描かれており、超心理学という学問の実験で使用し、統計をとったり、中にはこのカードでトレーニングを積んで透視能力を身につけようとしたりする人もいるという。

だがしかし、ドヤ顔をする高橋を僕は醒《さ》めた目で見つめていた。なぜなら――

「すげえな高橋！　どうやって当てたんだよ⁉　タネ教えてくれよ！」

盛りあがるクラスメートたちを前にして、高橋が得意気《とくいげ》な顔をする。

「おいおい、これはマジックなんかじゃないぜ？　お前ら、選んだマークを頭の中に思い浮かべたろ？　オレはただ、お前らの頭の中を覗《のぞ》き視《み》て、お前らが思い浮かべているマークを言っただけだぜ？　タネも仕掛けもねえのさ」

――奇遇《きぐう》だな高橋。僕もお前の脳内を視ることができるんだ。

僕には高橋の心の声が聞こえていた。

「いや～、まいったな。マジックじゃないから教えてやりたくてもトリックなんてものはねえんだよな～（ドヤァ、流行《はや》りのメンタリズムってやつだぜぇ！　これでオレもクラスの人気者！　クラスの女子からもモテまくりだぜ！　へっ、実はカードにオレにしかわからない細《こま》かい傷をつけて見分けているだけなんだけどな！）」

「マジかよ⁉　超能力者じゃねーか！」

――奇遇だな高橋。実は僕も超能力者なんだ。

　さらに盛りあがるクラスメートたちを眺めながら、そんなことを思う。

　すでにお気づきの方もいると思うが、一応言っておこう。僕はマジックというものにまったくといっていいほど興味がない。別に、プロのマジシャンや、趣味としてマジックを楽しんでいる愛好家たちになにか思うところがあるわけではない。ただ、超能力者である僕にしてみれば、透視も予知も空中浮遊も瞬間移動も、当たり前のようにタネも仕掛けもなくできてしまうというだけで。だから僕にとってマジックとは、当たり前のようにできることをわざわざ仕掛けをつくるなどして面倒な手順を踏んだうえで達成し、それで拍手をもらうといったものであり、見ていてもちっとも楽しくないものなのだ。

　おまけに――

　透視――この超能力を持つ僕には、伏せられた五枚のカードの図柄はおろか、高橋の内臓の色すら視えてしまっているのだ。さらには、この能力を使えば『ぼくのわたしの勇者学』第1巻の表紙カバーをめくらずにして、カバー下で薄ら笑うギロチンのまさゆきの顔も視ることができてしまうのだ。

そんな僕からしてみれば、高橋のやっている透視マジックはまるで、透明な箱でつくられたびっくり箱を見ているようなもの。驚きもなにもない。楽しくないという僕の言い分もわかるだろう？

「す、すげえ……！　う、裏返しにしたカードを当てやがった！　超能力者だ……！」

燃堂がすっかり騙《だま》されている。お前駅前でよく絵画とか買わされていないか？　まったく、ふつうに考えたらマジックだと考えるのが筋《すじ》というものなんだがな……。

「おお相棒、もっと近くで見ようぜ」

ひとりで行け。

燃堂にも高橋の茶番にもつきあうつもりはない。僕は静かに過ごしたいのだ。

しかし――

「フッ、その必要はない……」

海藤が、高橋以上に得意気な顔をしながら、ＥＳＰカードを手にしていた。

――なんで持っているんだお前。

「俺もまた、『選ばれし者』だからな……」

海藤が、ババ抜きをするときのように指先でＥＳＰカードを広げてみせる。高橋が使っている厚紙に手書きで自作したものではなく、凝《こ》った印刷がなされた、マジックショップなどで売っているカードだ。

こんなマニアックな代物、なんでふつうに持っているんだ……。

そうか。やたらと詳しかったのは購入《こうにゅう》していたからか。確かに海藤、お前こういう実験とか好きそうだもんな。

わざとらしく「クックック……」と邪悪な笑いを漏らしながら、海藤が僕の机の上にカードを伏せて並べはじめた。

「もったいないが、貴様たちふたりには特別に俺の真の『チカラ』を見せてやろう……」

どうやら海藤も透視に挑戦するらしい。というか、僕の机でやめてくれないか？

「お？　すげえなあこれ！　あっちのよりかっけーじゃねーか！」

燃堂が無神経なことを大声で言う。悪気はいっさいないから余計にタチが悪い。

しかも、その馬鹿でかい燃堂の声を聞いたクラスメートたちが、一斉《いっせい》に僕の机の周《まわ》りに集まってきてしまった。

「うおおっ、なんだこれ⁉　かっけー！」

「これ海藤のか？　すげー！」

「え？　これ印刷とか本格的じゃん！　いくらすんだよこれ⁉」

高橋の前に集まっていたクラスメートも、みんなやってきてしまう。教卓の前で、高橋が呆然《ぼうぜん》と立《た》ち尽《つ》くす。

「まったく……騒がしいな……。俺は騒がしいのは苦手《にがて》なんだがな……」

——奇遇だな海藤。僕も騒がしいのは苦手なんだ。

しかし、そう言いながらもクラスメートに囲まれて海藤は嬉しそうだ。ニヤニヤしながら「チッ、しょうがねえな……」などとほざく。台詞と表情があっていない。

やれやれ、まいったな……。これでは落ち着いて本も読めない……。

「さてと、ただの人間にはもったいないが、俺の真の『チカラ』を見せてやろう……」

それさっきも言ったな。何回言うんだ。

わいわいと盛りあがる教室で、ついに海藤の透視がはじまった。

僕の机の上に裏返して並べられた五枚のカード。無論、僕にはすべての図柄が視えている。しかし、カードそれ自体には仕掛けが見当たらない。海藤、どうするつもりだ？

海藤の心の声が聞こえてくる。

（ど、どうしよう……。みんなすごい盛りあがっている……。勘《かん》で当てるしか——）

勘かよ。

まあ、高橋がやっていたのは子供騙しのようなトリックを使ったカード当てマジックで、
こうして直感ですべてのカードを当てていくのが本来のＥＳＰカードだから、これで正し

いわけだが。

海藤が、伏せたカードの上に物々しく手をかざす。集まったクラスメートたちが息を呑《の》んだ。教室に静寂《せいじゃく》が訪れる。

「ククク、この手のひらはあらゆるモノに宿った残留思念を読み取ることができる……。さあ、ガイアよ俺に囁《ささや》け！　俺の瞳は過去から未来すべてを見通している！」

まず手を使う能力なのか耳を使う能力なのか目を使う能力なのかはっきりしろ。

「いくぜ……このカードに描かれたマークは――『星』だァァァッ！」

叫びながら、海藤がカードをめくった。

そこに描かれていたのは『星』。集まっていたクラスメートが歓声をあげた。

「すげえぞ海藤、透視成功だな！」

「フ、フンッ、このくらい当然だ……」

そっぽを向いてそんなことを言う海藤。そして以下がその脳内。

（や、やった……当たっちゃったよ！　まさか当たるとは思わなかった……。よかった、毎日毎日トレーニングした甲斐があったな……。やはり俺には眠っているチカラが――）

偶然だろ。

そう、ESPカードは五枚一組。五分の一の確率で当たる。だから一枚二枚程度ならば偶然の確率で当たることもある。

しかし海藤、意外と運がいいな。みんなの前であれだけ意味不明なことを叫びながらめくってハズそうものなら、恥ずかしくて明日から学校に来られなくなっていただろうな。

しみじみとそんなことを思う。

「よぉ、次オレ様の番な?」

そう言って、今度は燃堂が四枚になった残りのカードを選びはじめる。

やれやれ、ESPカードのことを何もわかっていない。

一枚一枚めくっていては、ESPカードの意味がないだろ。いっぺんに五枚全部を当てるからすごいんだ。一枚ずつ除外していっては、当たる確率も上がり、容易に残りのカードの見当がつくようになってしまうからな。

しかし、クラスメートたちは、まだそのことにピンときていないらしい。

「しゃあっ!　オレ様も超能力者になんぜ!」

一番ピンときていなさそうな男が、「おっお」言いながら残り四枚になったカードを真剣な眼差《まなざ》しで見つめる。教室内が張りつめた空気に包まれる。だからこれそういうのじゃないのだが。オレの番とかそういうのないんだが。

「さっき『星』だったから……お?　次は確率的にみて『丸』だろ……?」

燃堂が、よくわからない理論でカードの図柄を宣言する。そして――

「よっしゃ、これだぜ！」

勢いよくめくったカードは、『丸』。再びクラスメートたちが盛りあがる。お前ら本当にどうでもいいところで運がいいのな。なんでだろうな。

「ふっ、燃堂よくやった。さすがは俺の――」「ウイィィィ――ッ!!　やったぜ相棒!!」

燃堂、海藤が腕を組みながらなんか言ってたから聞いてやれ。

カードを当てた燃堂は、クラスメートとともに大盛りあがりだ。

「超能力者だぜ！　お？　ゲへへ超能力だぜ！　お？」

そんなことを連呼しながら騒ぎはじめる。見ていて実に不快だ。その超能力とやらを使って、今すぐ宇宙の果てにでも瞬間移動すればいいのに。

残るカードは三枚か……。『波』と『四角』、それに……。

ぼんやりと机の上に置かれたカードを眺める。こうして、ただ眺めているだけで透視ができてしまう。超能力者である僕には、燃堂や海藤のように直感でカードを選ぶことすらできない。無論、トランプや遊戯王《ゆうぎおう》カードの類《たぐい》で遊ぶこともできない。相手のカードだけでなく、相手がなにを考えているのかすらわかってしまうのだから。

やれやれと首を振っていると、背後から声が聞こえた。

「なんだいこれは？　おもしろそうなことをやっているね」

　そう言いながらやって来たのは、逆光で顔がよく見えないがクラスの学級委員を務《つと》めている灰呂《ハイロ》杵志《キネシ》だ。人だかりのせいで、また面倒なやつが寄ってきたな……。

　熱血漢という言葉が似合う灰呂はクラスでの人望も厚く、空気のような存在である僕とは何から何まで正反対の人間であった。その灰呂が、ＥＳＰカードに興味を示していた。

「これは組織の連中が開発した透視能力を養《やしな》うためのカードだ。伏せられたカードの図柄を当てる訓練を行っている途中でな……」

「オウ、おめーもやってけよ。おもしろいぜ」

　海藤と燃堂が灰呂を誘う。

「なるほど、『十字』か『波』か『四角』か、三つのマークを当てるんだな」

　近くにいたクラスメートからさらに詳しい説明を聞いた灰呂が、僕に向かってよくわからないことを力説しはじめた。

「斉木君、こういうのはね、気合いで選ぶんだよ！　視える！　視える！　そう念じながら選ぶのさ！　熱い心さえあれば、伏せられたカードもきっとわかるッ！」

　灰呂が力強く拳《こぶし》を握《にぎ》りしめながら、カードに向かって語りかける。

「視える視える！　来い！　さあ来い！　おい！　おい！　できるできる！　視える！

わかる！　わかるぞ！　おい！　どうした⁉　さあ来いッ！　どうしたー⁉」

お前がどうした。選ぶなら早くしろ。

「諦《あきら》めるなッ！　来いッ！『波』来いッ！　お前はそんなもんじゃないだろう⁉」

灰呂が、歯を食《く》い縛《しば》り、指の先をブルブルと震わせながら一枚のカードをゆっくりとめくる。そして――

「ヌゥゥオォウ『波』キターッ！」

頭からバケツ一杯の水をかぶったかのように全身から汗をぼたぼたと流しながら、灰呂が見事、気合いだけで『波』マークのカードを引き当てた。

「さすが灰呂だ！　すげえぜ！」

「やっぱ灰呂は違うな！」

集まったクラスメートたちも口々に賞賛の声を送る。というか、もう残り三枚になっているだろうが。三分の一ならわりと当たるだろ。

クラスメートたちに机の周りでわいわいと騒がれて、僕はイライラとしていた。まったく、これでは読書に集中できない。僕はひとり静かに過ごしたいだけなのに。

「『波』！　お前なんでこんなに曲がっているんだ⁉　なんでだ⁉　もっとまっすぐに生きろよ！　ウオオオオオッ！　なんでだアアアアアッ⁉」

興奮さめやらぬ灰呂が、自分が引いたカードに向かって叫んでいる。灰呂、もっとまっすぐに生きたら、そのカードは『波』ではなく『棒』になるぞ。

そんなことを考えていると、燃堂が僕の肩に手を置いた。そして――

「相棒の番な」

笑顔でそんなことを言う。残り二枚になったカードを僕に選べと言うのだ。

燃堂につられて、机の周りに集まったクラスメートたちの視線が僕に注《そそ》がれる。なんでこんなに注目されているんだ……。

やれやれ、盛りあがっているところ悪いが馬鹿騒ぎにつきあうつもりはない。僕は目立ちたくないからな。ここで僕が当ててしまったらまた盛りあがるじゃないか。

しかたない。わざと間違えて――

「フッ、あとは任《まか》せたぞ斉木……。お前ならできる」

海藤が、かっこつけてそんなことを言う。

「斉木君がんばれ！　君ならできる！　絶対に当てるんだ！　諦めるな！」

灰呂がそう叫ぶと、それに続いてクラスメートたちからも声援が送られる。

「斉木ー！　当てろー！」

「これ当てたら完全制覇《せいは》だぞ斉木！」

ついには、手拍子《てびょうし》とともに「斉木」コールが巻き起こる。

「斉木っ！　斉木っ！　斉木っ！」

なんか、ハズしたらたいへんなことになりそうな空気になった。

ダメだ。ここでもし僕が当てなければ、この先の平穏な学園生活に支障《ししょう》が出る。空気のような存在である僕が、明日からは空気が読めない存在として扱《あつか》われることになる。なんてことだ。それでは完全に本末転倒だ。燃堂や海藤と同じ扱いなんてとてもじゃないが耐《た》えられない。

「『十字』狙《ねら》え相棒！　次は確率的に絶対『十字』が出るぜ！」

ミスター空気読めないが馬鹿でかい声でそんなことを言う。するとクラスメートたちからも、今度は『十字』コールが巻き起こるようになってしまう。燃堂め、余計なことを。

やれやれ……これは困ったことになったな。視えているカードを選ぶことほどむなしいことはないというのに……。それに、『十字』とはな……。

深刻な表情を浮かべた海藤が、残る二枚のカードをじっと見つめながら呟《つぶや》いた。

「そうか……残るカードは『十字《クロス》』と『刺客《しかく》』か……」

――『四角』な。

それに海藤、どうやら、その肝心《かんじん》の『十字《クロス》』がないようだぞ？

斉木!!
斉木!!
斉木!!
斉木!!

目の前に伏せてある二枚のカードの絵柄が、僕には視えていた。伏せられたカードは、両方とも『刺客』……いや、『四角』だった。

実は、最初に五枚並べられたときから、『四角』のカードが二枚あり『十字』のカードが存在しないことに僕は気がついていた。印刷ミスを疑ったが、その可能性はさすがに考えづらい。五枚一組のカードだし、絵柄が重複していればさすがに海藤もすぐに気がつくはず。さて海藤、これは一体どういうわけだ？

僕には海藤の心の声が聞こえていた。

（どうしよう……もしかしたら『十字』のカード家に置いてきたかもしれない……）

クラスメートが盛りあがり、教室が熱気に包まれていくのと反比例するかのように、海藤の顔が徐々に徐々に青ざめていく。

（確か机の上に置きっぱなしにしてきたような気が……）

つまりこういうことだ。

同じカードが二枚——五枚一組×二セットのESPカードを購入した海藤。

『十字』のカードをえらく気に入った海藤は、黒いロングコートを着て二枚の『十字』を指ではさみながら鏡の前でいろいろとポーズをとる。「俺は『十字《クロス》』の紋章を受《う》け継《つ》ぎし孤高のウィザード……」などと呟いているうちにしだいに夜は更《ふ》けていく。

そののち、海藤は持っていた『十字』のカードを机の上に置いたまま、残りのカードを通学鞄の中に入れて就寝。そして翌朝、『十字』のカード二枚を机の上に放置したまま家を出てきたというわけだ。


——海藤め、カードが揃《そろ》っていない可能性に今頃気づくとは……。

目の前に並ぶ二枚の『四角』を見つめながら、僕は軽く眉《まゆ》をひそめた。

教室内は、先ほどまで賑《にぎ》やかだったのが嘘《うそ》のように、今やクラスメートの手拍子も止《や》み、緊迫した空気が満ちていた。みなが、固唾《かたず》を呑んで僕の一挙手一投足に集中していた。

海藤が、冷や汗を流しながらも平静を装《よそお》い僕に声をかける。

「ククク……落ち着け斉木……。そして感じるんだ。『十字《クロス》』を……(いや、やっぱり一緒に持ってきたよな……。ちゃんと五枚一組で揃えておいたはず……)」

——『十字《クロス》』の気配を欠片《かけら》も感じないんだが。

海藤のうっかりに、僕は嘆息《たんそく》した。なおも脳内でカードを入れたような置いてきたようなと悩んでいる海藤を見やる。海藤は意外と——いや、かなり天然でぬけているところがある。その尻《しり》ぬぐいをさせられるのはごめんだ。しかたない。ここは大人《おとな》しく『四角』を引くとしよう。僕の好感度うんぬんよりも、そのあと二枚とも同じカードだったことが判明し、海藤のミスということになってこの話は決着がつくだろうからな。

――悪いな海藤、僕は目立ちたくないんだ。

カードに向かって手を伸ばしたその瞬間――

（いや……でも……）

再び海藤の心の声が流れこんできた。

（どうしよう……もし本当に『十字』がなかったら、僕のせいで斉木君に恥をかかせることになっちゃう……。ここはやっぱり正直に……でも、みんなこんなに盛りあがっているのに……どうしたら……）

目を伏せながら葛藤《かっとう》する海藤。僕はそのまま、目の前の『四角』カードをめくった。

すると――

「うおおっ、『十字』だ！　すげえぜ相棒！　これで相棒も超能力者だな！」

燃堂が、声をあげた。次いでクラスメートたちからも歓声があがった。

燃堂に抱きつかれた僕は、死んだ魚のような目をしながら手にしたＥＳＰカードを見つめていた。まったく……傍観《ぼうかん》するつもりでいたが、まさか自分が存在しないカードを引かされるはめになるとはな……。

海藤が、呆気《あっけ》にとられた顔をして『十字』カードを見つめていた。

（よかった……あったのか……！　やっぱり単なる思い違いだったか……）

まあ、そういうことにしておいてくれ。実際は単純なカードすり替えマジックというやつだ。海藤の家にある『十字』カードと、目の前の『四角』カードを入れ替えるだけという簡単なマジック——もとい超能力だ。

すべてのカードがあったことに安心したのだろう、先ほどまでとは打って変わって、海藤が不敵な表情を浮かべながらくつくつと笑いだした。

「さすがだ斉木。やはりお前は俺の——」「よかったなあ相棒！　全部当たったぜ相棒！」

燃堂、海藤がまた腕を組みながら何か言っているから聞いてやれ。

「みんなで力を合わせればなんだってできるんだ！　これが僕たちの団結のパワーだ！」

灰呂が熱くそう叫ぶと、クラスメートが再び盛りあがる。

それにしても、五枚一組をいっぺんに当てなければなんの意味もないＥＳＰカード。一枚一枚めくっていっては、残りのカードが推測しやすくなってしまい実験にならない。最後まで誰もそれに気がつかず、ここまで盛りあがるとはな……。

僕は静かに溜息をついた。

ああ、だがしかし、ちゃんとカードも引き当てたことだし、これでひとまず僕はこれまで通り空気のような存在でいられることだろう。やれやれ……ようやく落ち着いて読書ができそうだ……。

そんなことを考えながら、なにとはなしに好感度メーターを確認する。

好感度メーターとは、テレパシー能力を応用し、周囲の人間の僕に対する好感度を数値化して割り出す代物だ。無論、それは超能力者である僕にしか視えない。

好感度は高すぎず低すぎず。それが空気のような存在になる秘訣《ひけつ》だ。

しかし、何気なく好感度メーターを視て驚いた。

僕の好感度が、何もしていないのにぐんぐん下がっているのだ。僕が目標とする好感度は『50』。それが今や『40』を下回っているではないか。

――くっ、どうしてこんなことになった……？

僕はただ、目立たぬようひっそりと自分の席に座っていただけ。教室に来てすぐに席に着いたきり微動だにしていない。そのうえひと言もしゃべってすらいないというのに……。

ましてや、皆の期待に応えてカードを当てている僕の好感度は、むしろ『50』をオーバーしていてもおかしくないはず。それなのに、なんでこんなに好感度が落ちているのか。

理由は、すぐにわかった。

（ＥＳＰカードはおもしろかったけど、なんか斉木って燃堂ともの凄《すご》い仲いいよな……）

先ほどまで盛りあがっていたクラスメートたちが、醒めた目で僕を見つめていた。クラスメートたちの心の声が聞こえてくる。

(斉木と燃堂……あのふたりってそういえばいつも抱き合っているよな……)

(あのふたり親友ってレベル超《こ》えていないか……?　まさか……)

(ていうか、ホント海藤ってなんでこんなもん持っていたんだろうな。そんで斉木もあれだろ?　海藤と仲いいんだろ?　なんか組織と戦っているお仲間なんだろ?)

(けっきょく斉木って海藤の同類なんだよな……。普段は大人しそうにしているけど、なに考えているのかわかったもんじゃねえな……)

――なに考えているのか、わかるんだなこれが……。

(みんなからちやほやされて目立つのはオレのはずだったのに……)

――ああ、これは明らかに高橋の心の声だな。

燃堂と海藤がさらに輪をかけるようにはしゃぎだす。なんてことだ……周りにいたクラスメートたちが一気に醒めて引いてしまっている。

「相棒!　カードも当てたことだし景気よくラーメン食い行こうぜ!」

――まだ朝のホームルームすらはじまっていないんだが……。二度目だぞこれ。

「そんなことよりも斉木、俺とともにこの能力にさらに磨《みが》きをかけていかないか?」

——いや、さすがにこれ以上はちょっと……。内臓すら視えるし。

右に燃堂。左に海藤。左右からぐいぐいと引っ張られる。

——ふたりとも、もうやめてくれ……。

やれやれ、やはり超能力など持っていたとしてもろくなものではない……。

今の僕にできることは、こうして現在進行形でぐんぐんと落ちていく好感度メーターの数値を呆然と眺めることくらい……。どうしようもない……。

しかも、ドン引きしていくクラスメートの心の声が、リアルタイムで聞こえてくるという嬉しくないオマケつきだ。

——いや……。

心の声なんか聞こえなくても、クラスメートたちからのこの突き刺さるような視線だけでつらいか……。

超能力など持っていなくとも、誰だろうと、この場の空気は堪《こた》えるだろう。それこそ、尋常《じんじょう》ではないくらいに空気が読めないような人間でもない限り……。

「やっぱラーメンだよな！　な、相棒？」

「邪魔をするな！　斉木は俺とともにチカラを制御するための特訓をするんだ！」

言っておくがお前らのことだからな？

「よぉみんな、今からスプーン曲げに挑戦するぜ！」

休み時間、またクラスメートを集めて高橋《たかはし》がそんなことを言っていた。

――やれやれ、ESP《イーエスピー》カードの次はスプーン曲げか……。

おおかたテレビの影響でも受けたのだろう。僕はそんな高橋を醒《さ》めた目で見つめていた。

「スプーン曲げだってよ！　相棒、近くで見ようぜ！」

燃堂《ねんどう》が、そう言いながら僕の肩を叩《たた》いて向かっていく。ひとりで行け。

「フッ、ただの手品か……くだらん。児戯《じぎ》だな……」

海藤《かいどう》が、そう言いながら腕を組んでうずうずしている。行きたきゃ行け。

クラスの皆に注目された高橋は、得意気《とくいげ》な顔をしながら手にしたスプーンを、グニャングニャンと曲げはじめた。目の前で曲げられるスプーンに、クラスメートたちの視線は一気に釘《くぎ》づけになった。

「すげえ！　マジかよ⁉」

「ありえねー！　高橋お前すげえな！」

まるで飴細工《あめざいく》のようにグニャグニャと曲がっていくスプーンを前にして、クラスメートたちが驚きの声をあげる。

「た、たいしたことないな斉木《さいき》。あ、あのようなテクニックなど、一般人が魔術の真似事《まねごと》をするなど、お、おおお、愚《おろ》かしいことだ。まさに児戯！　な、なあ斉木。お前もそう思うだろう？」

まだいたのか海藤。近くで見たいのなら強がっていないでさっさと行け。燃堂を見てみろ。口をぽかんと開けながらスプーンを見つめ「おっお」言っているぞ。お前もあのくらい——いや、限度というものがあるが、もう少しだけでも素直《すなお》になったらどうだ？

僕がそんなことを思っている間も、クラスメートたちは高橋を中心としてわいわいと盛りあがっていた。

「どうやんだよこれ⁉　練習したのか？」

「オレらにもやり方教えてくれよ高橋」

「タネとかあるんだろ？」

クラスメートたちからの質問に、高橋がニヤニヤとしながら答えた。

「おいおい、まいったぜ～。タネとか言われても、スプーン曲げって超能力だしな～。そこらのちゃちなマジックとは違うんだよな～（ホントはマジックショップで買ったタネも仕掛けもある特製のスプーンなんだぜ！　ちょっと高かったんだぜ！　でもこれでオレもクラスの女子にモテまくりだぜ！）」

——高橋、お前のそのブレなさだけはたいしたものだと思うよ。本当に。

高橋の心の声を聞きながら、僕はやれやれと首を振った。

すると、腕を組みながら横目で高橋を見ていた海藤が、いきなりブツブツと何かを言いはじめた。

「ふ、ふん、児戯だな。くだらん。まったく、凡人どもが……このような児戯で盛りあがるなど……。いやだが待てよ……あの技《わざ》はもしや禁断の……？　フッ、馬鹿な……。だがしかし万が一という可能性もある……。斉木、高橋から何か邪悪《じゃあく》なチカラの気配を感じないか？　ふむ……スプーン曲げなど単なる児戯にすぎないが、念のためもっと近くで様子を見るとしようか……」

言いながら、足早に高橋のもとへと向かう海藤。最初から素直に見に行けばいいのに。ところで海藤、お前『児戯』って単語昨日《きのう》覚えたろ？

高橋が、二本目三本目とスプーンを曲げていく。あるものはねじれて、またあるものはUの字に折《お》り畳《たた》まれ、もはやスプーン本来の用途を満たせない姿に変えられていく。

「スプーンを触《さわ》って、ちゃんと硬いことを確認していいぜ」

曲げたスプーンを集まったクラスメートに渡しながら、高橋がドヤ顔をする。グニャリと曲げられたスプーンを受け取ったクラスメートたちのテンションが上がる。

「うおおっ、ダメだ！　硬くて曲げられねえっ！　人間の力じゃ不可能だろ⁉」

「すごーい、テレビで観《み》たのと同じだー。なんでこんなに曲がってるのー⁉」

「これ曲げるとか信じられねーよ。元に戻すこともできねー！」

曲がったスプーンが、次々とクラスメートたちの手を渡っていく。

「くっ⁉　馬鹿な……この俺のチカラが通じないだと……⁉　これはまさか……⁉」

漆黒《しっこく》の翼《つばさ》さん（16）もなにやら苦戦していた。

しかし――

「んっ⁉　お？　元に戻したら根元から折れちまったぜ？」

「うわあああっ⁉　燃堂の方がすげえええええっ⁉」

クラスメートの視線が、曲げられたスプーンを力任《ちからまか》せにへし折った燃堂に釘づけになった。高橋が曲げたスプーンを、次々と元に戻しては、へし折っていく。得意になって一心不乱にスプーンを曲げている高橋は気づいていないようだが、教室には、今や燃堂を中心とした別の集まりができてしまっていた。

教室の隅《すみ》で「どうだァァッ！　この芸術的なねじり方！」などと叫びながらせっせとスプーンを曲げる高橋の姿など、もはや誰ひとりとして見ていない。

「どうよ相棒、高橋だけじゃなくて、オレにも超能力の才能があるみてーだな」

燃堂が、へし折ったスプーンをわざわざ見せに来る。

――燃堂、それは『超能力』ではなくただの『馬鹿力』だ。

「よーしみんな見てろよー。次はこのフォークの先端を曲げてやるぜぇ！」

皆の興味が燃堂に移ってしまったことにまだ気づいていない高橋が、フォークの先端に集中しながらそんなことを言っていた。

――高橋、つくづく憐《あわ》れな男だ……。

まわってきたスプーンを燃堂に手渡しながら、僕は高橋に同情した。

# 第2X《カイ》

# 取り戻せ！　失った記憶

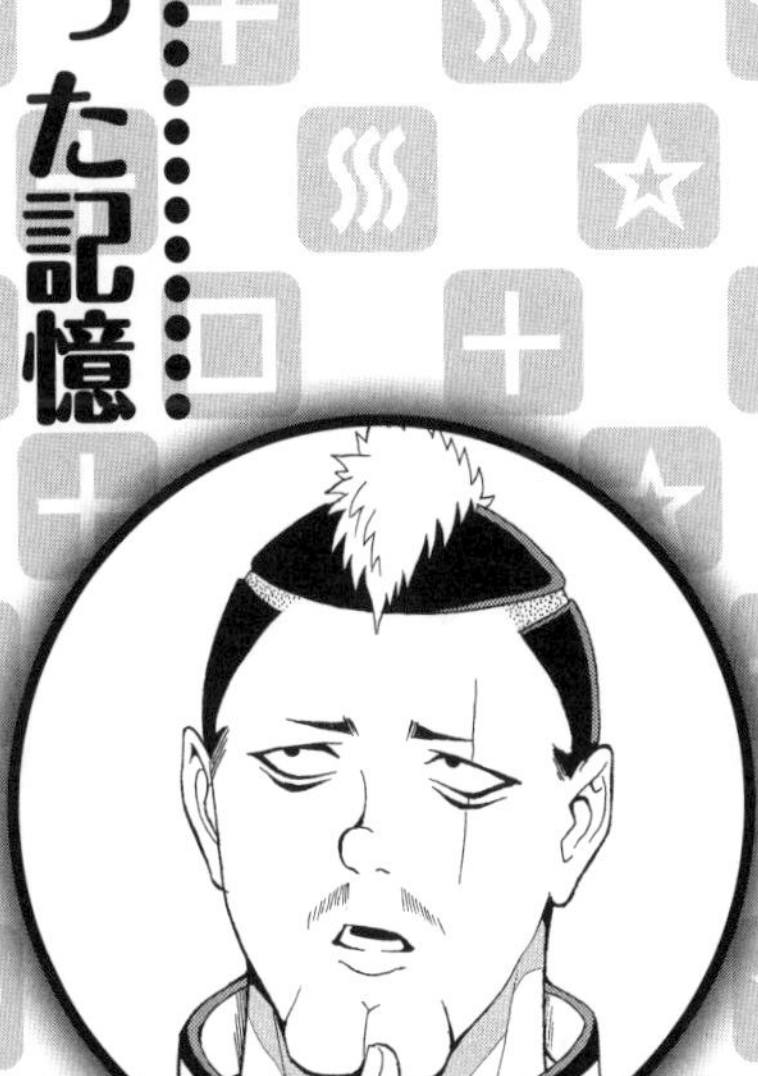

僕の名前は斉木《さいき》楠雄《くすお》。超能力者だ。

超能力というのは、テレパシー、サイコキネシス、透視、予知、テレポート、千里眼《せんりがん》などの常人《じょうじん》にはない特殊な力のことだ。このようにひとくちに超能力といっても、その力は多岐《たき》にわたる。数えあげればキリがない。

しかし僕は、そんな常人にはない特殊な力の数々を操《あやつ》ることができた。

超能力を使えばたいていのことはなんでもできる。

人の心を読むことも、手を触れずに物を動かすことも、雨雲を吹き飛ばして一瞬にして快晴にすることも、次に打ち切りになるマンガのタイトルを知ることだってできる。

ちなみにこれは余談だが、連載がはじまる前にコミックス第0巻なるものが発売されたのも僕の超能力によるものだ。さらに言うと、こうしてなぜかノベライズまで発売されてしまったのも僕の超能力によるものだ。超能力を使えばたいていのことはなんでもできる。

だが——

そんな僕の前に、ある日突然、あの男が現れた。

そう――「お？」と「相棒」と「ラーメン」という単語を操る男・燃堂力《ねんどうりき》である。

燃堂の心の声だけは、僕の超能力をもってしてもまるで読めなかったのだ。こんなことは初めてだ。雑念を打ち払い無心となるために座禅《ざぜん》を組むお坊さんはおろか、動物の心ですら読むことのできるこの僕が、なぜだかこの男の心だけは読めない。

僕はテレパシーを使って自分の周囲にいる人の存在を感知することができるのだが、この男の存在だけは感知できない。たとえばだが、草むらから野生の燃堂が突然飛び出してきても、その直前まで僕にはそこに燃堂が潜《ひそ》んでいるということがわからないのだ。

なぜこの男の心の声だけは読めないのか。僕はすぐに気がついた。燃堂は、常人ではありえないほどに何も考えていなかったのだ。つまりは、常軌《じょうき》を逸《いっ》したアホだったのだ。

どこから現れるのかわからないケツアゴステルス体――いや、燃堂は、やたらと放課後に僕をラーメン屋に誘ってくる。できるだけ目立たず静かに暮らしたいと考えている僕としては、そう毎日のように燃堂と行動を共にするわけにはいかない。『燃堂と仲が良い一番の親友は斉木』などと噂《うわさ》された日には、僕は確実に不登校になっていることだろう。

さて、そんなテレパシー無効人間の燃堂に出会わないように無事学校からの脱出を果たした僕は、いつもとは違った道で帰路についていた。駅前の本屋に寄って、欲しかった小説を買った帰りだった。

赤々と燃える夕日を眺めながら、河川敷沿《かせんじきぞ》いの土手を行く。

河川敷にあるグラウンドでは、今まさに地元草野球チームの練習試合が行われていた。威勢のいい声が、土手の上にいる僕にまで聞こえてくる。

「リーリーリー！」「リーリーリー！　ゴッ！」「ラーメン！　相棒！　ラーメーン！」

なんだろう。聞こえちゃいけない声が聞こえたような気がする……。

おそるおそる振り返ると、そこには元気に走り回る燃堂の姿が。

——なんでいるんだ……。

バットとグローブを持って野球のユニホームを着た燃堂が、手を振りながら僕のもとへとやって来た。

「ナイスタイミングだぜ相棒。ちょうど今から、ラーメン食いに行こうと思ってよ」

——いや、野球しに行け。

わからん。この男の心だけは本当に読めない。その格好でラーメンだと？　野球をしに来たんじゃないのか？　それに、見るからに凶悪そうな顔をした燃堂がバットを装備したまま店になんて入っていったら、ともすればただちに警察が駆けつけるレベルだぞ。

おまけにこの前などは「お？　ラーメン食い行くぜラーメンお？　ここのラーメンマジうまいんだぜ。お？」などと言いながら燃堂が実際に注文したのはなんだと思う？

肉野菜炒《いた》めだ。

燃堂……本当に読めない男だ。行動が読めない男とは、かくも恐ろしいものか……。

燃堂の底知れなさに思わず戦慄《せんりつ》を覚える。すると──

「相棒、一緒にラーメン食い行こうぜ？　お？」

燃堂が、まっすぐ僕を見つめながら「おっお」言いだした。

やれやれ、またラーメンか……。

ラーメンじゃなくて、たまには駅前にあるオシャレな喫茶店でケーキとか食べたい。しかしそれを燃堂に言ったら笑われるに決まっている。だから言わない。さらに燃堂をその喫茶店に連れて行ったら通報されるに決まっている。行くに行けない。

いや、別に僕は燃堂と一緒にどこかへ行きたいというわけではないのだが……。

ああそうだ。思えばなんで僕はすでに燃堂とどこかへ行くことを前提にして考えているのだろう。わざわざ燃堂につきあう必要などないというのに。

そう、僕は早く家に帰って買ってきた小説を読むのだ。今日はさっさと帰ってしまおう。テレポートでもして早々に帰宅してしまおう。幸《さいわ》いなことに燃堂の前でなら多少超能力を使っても気づかれない。

僕がまだ返事すらしていないというのに、燃堂はすでに今から行くラーメン屋について語りはじめていた。

「そんでよ、そのラーメン屋、店員の服装が変わっててよ、これがおもしれえのなんのって、どう考えてもラーメン屋の格好じゃねえんだよな」

お前の方もどう考えてもラーメン屋へ行く格好じゃないけどな。

「肝心《かんじん》のラーメンの方はっつーと、これがまた、うまくもマズくもなくてよぉ――」

よし、帰るとしよう。夢中になってペチャクチャと話す燃堂を醒《さ》めた目で見つめながら、僕は早々に帰宅することを決意した。

燃堂がラーメン屋について熱く語っているうちに消えるとするか……。

その時、河川敷からカキーン！　という小気味よい音が響《ひび》いた。

高く高く舞い上がったボールが、僕目がけて一直線に落ちてくる。これまた特大なファウルボールだ。そういえば、以前にも似たような場面があったな。

だが、しかたない。降りかかる火の粉は払わねばならない。

サイコキネシスでボールの軌道《きどう》を逸《そ》らして――なんてことはしない。実は以前、似たような状況でボールを逸らした際に、近くにいた燃堂にぶつけてしまい気絶させてしまったことがあった。僕は燃堂と違って学習する人間だ。同じ過《あやま》ちはくり返さない。

サイコキネシスを使わずに、それでいて、いかにして自然に自分目がけて飛んでくるボールを回避するか。僕が編《あ》み出《だ》した新《あら》たなる方法がこれだ。

ふつうに靴《くつ》ひもを結び、偶然を装《よそお》い回避する——！

どうだ。これならば不自然さもなく燃堂も気絶しない。まさに完璧《かんぺき》な方法だ。

僕は靴ひもを結び直そうと——本当はほどけていないのだが——しゃがみこもうとする。

やれやれ、これでボールは無事僕の頭上を通り過ぎて——

「あぶねえ相棒ッ!!」

突如《とつじょ》僕を突き飛ばし、先ほどまで僕がいた場所に燃堂が躍《おど》り出《で》てきた。燃堂に押されその場に尻《しり》もちをついてしまった僕は、燃堂の顔面にボールが吸いこまれていくのを見上げていた。

ぐしゃりと鈍《にぶ》い音がした。

——なるほど、こうきたか。

あひあひとなにやらうめきながら崩《くず》れ落《お》ちる燃堂。僕は制服についた砂ぼこりをはたきながら立ち上がる。

まったく、心が読めず行動が読めない男というのは本当に恐ろしい。まさか燃堂が我《わ》が身を挺《てい》して僕を守るとは思いもしなかった。

白目を剝《む》いてぐったりとしている燃堂を見下ろす。

燃堂……よく顔面に野球のボールが激突しているような気がするな……。

ぶくぶくと泡を吹いてぐったりとしている燃堂を見下ろす。

うん？　起きないな。大丈夫か？

僕はあたりを見回した。

そこらへんにブロック片でも落ちていないだろうか。

しかたないからそれで二、三発――

そんなことを考えていると、むくり、と燃堂が起き上がった。どうやら大丈夫だったようだ。しかし燃堂は、僕を一瞥《いちべつ》することもなく、そのまま何も言わずにフラフラと歩いていってしまう。

なんだ？　ラーメン屋には行かないのか？

夕日に照らされながらゆらゆらと歩いていく燃堂の背中をじっと見つめる。

――まあ、いいか……。

今日はもう帰って、さっそく買ってきた小説を読むとしよう。僕は燃堂に背を向けた。

翌日のことである。

朝のホームルーム前の教室で、僕はいつものように文庫本を手にしていた。教室内は騒がしく、皆が何人かのいつものグループで固まっていた。基本的に騒がしいのが好きではない僕だが、教室内は存外居心地がいい。皆おしゃべりに夢中で誰も僕のことを見ていないし、誰も僕のことを意識していないからだ。さらには皆がそれぞれ仲のいい友人と楽しくしゃべっているだけとあって、テレパシーで有無《うむ》をいわさず流れこんでくる心の声も、そこまでストレスのかかったトゲトゲしいものではないからだ。

こういった空間で本を読むのも悪くはない。

それに、活字を追いながら物語に集中していれば、この程度の日常茶飯事《さはんじ》の騒々しさは気にならなくなるものだ。

朝の挨拶《あいさつ》とともに、登校してきたクラスメートがひとりまたひとりと増《ふ》えていく。

すると――

「お？　ニーチェか相棒？」

出た。燃堂だ。そろそろ現れる頃だろうと思っていたが、燃堂はいつも不意打ちだ。僕のテレパシーの、いわゆるレーダーに引っかからない唯一《ゆいいつ》の存在。燃堂の出現だけは超能力者であるこの僕にもわからない。

そして残念だったな燃堂。この本はニーチェではなく太宰《だざい》だ。太宰治《おさむ》の『人間失格』だ。

ちなみに燃堂、『人間失格』といってもお前のことじゃないから安心しろ。そしてさらにちなみにだが、僕が持っているこの本はもちろん集英社文庫版だ。値段と表紙絵がすばらしい。企業努力を感じる一品だ。第六感《シックスセンス》により、なぜかこう言っておかなければならないような気がしたからとりあえず言っておく。

まったく、いつもいつも朝からラーメンだのニーチェだの……ん？　ニーチェ⁉

僕は驚きに目を見開いていた。燃堂の顔をまじまじと見つめる。

燃堂が爽《さわ》やかな笑顔を僕に向けた。

「どうした相棒？　そんな鳩《はと》がニヒリズムに目覚めたような顔をして」

えええええっ⁉　ちょっ、ナニコレ？　え？　誰？　ニーチェ？　ええっ⁉

白い歯を見せながら微笑《ほほえ》む燃堂。その姿は、まごうことなく確かに燃堂だ。燃堂力のカタチをしている。だがしかしなんだこれは？　どうなっている？　いつもの燃堂とはまるで別人。身にまとう雰囲気までもが違っている。燃堂は、もっとこう極悪人《ごくあくにん》のような顔をしていて常《つね》に「げへへラーメンお？　オレラーメンお？　おっおー」などとヨダレを垂《た》らしながらわけのわからないことを呟《つぶや》いている男だったはず。ニヒリズムなどという知的な単語、どうまかり間違っても、たとえ地球が滅《ほろ》びたとしても、あのただラーメンを食べるためだけに存在している口から発音されるなんてことはありえない。少なくとも僕の知っている燃堂は、昨日《きのう》までの燃堂はそうだったはず。それが一体どうしたことだ。どうして

ニーチェ
愛の詩集

こうなった……。

　はっと思い当たる。昨日燃堂の顔面にボールがメリこんだことを。その後の燃堂の様子がおかしかったことを。

　そんな……まさかこれは……。

　――記憶喪失《そうしつ》ってやつか⁉

　いや、ちょっと待ってほしい。頭を打って記憶喪失とか、そんなマンガみたいな展開あっていいのか。ノベライズだぞ。いいのか？　いいのか担当《ゆうじろう》？　麻生《あそう》の使おうとしていたネタを潰《つぶ》してしまう危険性が……。

　冷や汗を流しながら僕が悩んでいると、海藤《かいどう》が登校してきた。包帯を巻きつけた手で携帯電話を耳にあて、なにやら話しこんでいる様子だ。

「チッ、今日も風が騒いでやがる……。俺を呼んでいるのか……？　フッ……いや、こちらの話だ。気にしないでくれ。それよりも『例の件』の方はどうなっている？　ふふっ、そうか。『やつら』が動きだしたか……」

　どこかと通話しながら、海藤が僕の席に近づいてくる。黒板の上にある時計を見上げながら、しかしその足は真《ま》っ直《す》ぐ僕の席に向かってくる。

「『やつら』に伝えておいてくれ……。『もしもし』『お前らの計画は』『すべて筒抜《つつぬ》けだ』

となー……。ククク……」

　ほくそ笑《え》む海藤と目があった。

「おっと、斉木か……。おはよう……」

　携帯電話での通話をやめ――というか初めからどこにも繋《つな》がっていなかった――海藤が
わざとらしく口の端《はし》をつり上げた。

「フッ、挨拶が遅れてすまんな斉木。『私用』の『電話』が『五月蠅《うるさ》くて』な」

　繋がっていないようでしたが？

　窓の外に視線を向けながら、海藤が続ける。

「斉木。どうやら、少し世界が騒がしくなりそうだ……。まったく……吹き荒れる風は、
いつも俺に非日常の話題《バッドニュース》を運んできやがる……」

「ニーチェだな。相棒」

　海藤だろ。

　海藤の意味不明な台詞《せりふ》を聞いて、そんなことを言いだす燃堂。そう、海藤どころではな
い。燃堂なのだ。今はこの燃堂の意味不明な状況をなんとかしなければならない。

　すると燃堂が、微笑みながら海藤に声をかけた。

「よぉチビ。ニーチェって知ってっか？　ニートじゃねえぞ」

「む？　燃堂か……。燃堂かッ⁉」

海藤が顔を引《ひ》き攣《つ》らせながら燃堂を二度見する。そしてうわずった声をあげた。

「どっ、どうした⁉　なんだ貴様はッ⁉　燃堂に取《と》り憑《つ》いてなにを企《たくら》んでいる⁉　貴様の目的はなんだ⁉　ええいっ、邪悪《じゃあく》なるものよ、今すぐその身体《からだ》から立ち去れッ！」

落ち着け海藤。心霊現象ではないんだ。

サングラスをはずして、「どうした⁉　無に還《かえ》れ！」などと叫びだした海藤。つっこむまいと最初からスルーしていたが、それを言うならお前のサングラスもどうした。よくそれで登校してこられたな。って、つっこんでしまったじゃないか。

「さ、斉木、燃堂の様子がおかしいっ！　そうだ！　隣のクラスに幽霊が視《み》えるだとかぬかしている男がいるから、念のためそいつに視てもらったほうが……」

だから心霊現象ではないんだ海藤。そしてそれを言うなら、なぜか左右の目の色が違うお前の様子の方が……。ナニソレ？　片方だけカラーコンタクトしてきたの？

海藤が頭を抱《かか》える。

「い、一体どうなっているんだこれは……ありえない……。あの燃堂が『ニーチェ』だなんて言うはずがない……！　たとえもし明日この惑星《ほし》の命運が尽《つ》きようとも、それだけは絶対にありえない……！」

海藤、気があうな。同感だ。

頭を抱えながらこの意味不明な状況に苦しんでいた海藤が、はっと顔を上げた。

「そうか！　記憶喪失ってやつだな！　くそっ、組織の連中め……むごいことを……」

勘《かん》がいいな海藤。組織ではなく草野球の連中なのだがそれ以外は正解だ。

「記憶喪失でこんなことになるなんて……そんな……。燃堂はもっとこう『グヒッ、グヒホホ……ラーメン……ラーメンお？　相棒ラーメンお？　不穏《ふおん》な風お？』とかそんなことをブツブツと呟きながら街《まち》を徘徊《はいかい》するような愉快なやつだったのに……！」

不穏な風はお前だろ。だがおおむね同意しよう。

海藤が、薄ら笑いを浮かべながら燃堂に詰《つ》め寄《よ》った。

「な、なあ燃堂。ほら『お？』って言ってみろ！　『ラーメンお？』って言ってみろ！　お前ラーメン大好きだろ？　血走った目でいつものように『相棒ラーメンお？』って言ってみろよ！　いや、言ってくれ頼むから！」

「ラーメン？　おお？　なんだそりゃあ？　オレ様の好物はエビピラフだろうが」

「なん……だと……」

――間違いない。確実に記憶喪失だ！

「エビピラフはよぉ、オシャレなカフェにしかないんだぜ？　放課後はやっぱカフェでエビピラフだな相棒。それはそうと、ニーチェの名言はやっぱ痺《しび》れるぜェェオイィ……。こうなんというか、魂《たましい》にずーんと響いてくるよな……」

虚空《こくう》を見つめながらそんなことを呟く燃堂を前に、僕は冷や汗を流していた。


自分が誰なのかわからなくなる。ここがどこなのか場所がわからない。ペンやパソコンの使い方すらわからなくなってしまう。それだけでなく『ペン』や『パソコン』という言葉自体、概念《がいねん》自体がわからなくなってしまうなど、記憶喪失の症例は多岐にわたる。

燃堂の場合、自分の名前や自分がPK《ピーケー》学園の生徒であること、また学校の場所、そして僕たちの名前や僕たちと知り合いであるということ、さらには通学鞄《かばん》や制服などの身の回りの日用品の使い方などの記憶はどうやら健在のようであった。

しかし性格が違う。なんというか、小綺麗《こぎれい》なのだ。そして人間の内面というやつは顔つきにも表れるものなのだろう。その顔もまたいつもとは違って凛々《りり》しいのだ。もっとも、内面といっても僕のテレパシーで燃堂の内面を知ることは普段通りできない状態だ。ところどころに知的な単語を織《お》り交《ま》ぜて話す今の燃堂の考えや行動が読めないということは、いつものアホな燃堂よりもタチが悪い。さて、どうしたものか……。

じっと席に座ったまま僕が思考していると、海藤が、燃堂に話しかけていた。

「自分の名前はわかるんだよな？」

「お？　おめーさっきからなに言ってるんだ？　そんなもんわかるに決まってんだろ」

燃堂の反応を見て、考えこむ海藤。どうやら海藤も僕と同じように燃堂の様子を細《こま》かく分析しているらしい。何を覚えていて何を覚えていないか、質問をしていきながらそれを確かめるつもりなのだ。

「まず、自分の名前は覚えているわけか……。それから斉木のことも覚えていると……」

「おう！　オレ様と相棒はズッ友よ！」

うっ⁉　なんだろう悪寒《おかん》がする。風邪《かぜ》だろうか？

「ふむ……身の回りのことや自分の名前、そして友人関係などは覚えているのか。ああ、とりあえず言っておくとしよう……。俺の名は『漆黒《しっこく》の翼《つばさ》』。かつてはダークリユニオンの第A級ソルジャーだった男だ。ここまでは大丈夫だな？」

全然大丈夫じゃないんだが。

「フッ……まあ、ダークリユニオンの真の狙《ねら》いである『人類選別計画』を知ってしまい組織を抜け出した今となっては、裏切り者の一匹狼《いっぴきおおかみ》に過ぎないがな。『漆黒の翼』に限らず『ウルフスベイン』『戯善《ぎぜん》反逆者』『星屑卿《ほしくずきょう》』……好きなように呼んでくれてかまわない」

いつの間にか僕も記憶を失っていたようだ。初耳だ。

いや、というか海藤、どさくさにまぎれて洗脳しようとするんじゃない。いっそのことこれから先、永久《とわ》に『星屑卿』を英訳して『サー・スターダスト』って呼んでやろうか？

海藤が目をキラキラと輝かせながら呟く。

「燃堂、組織の連中によって記憶を封印されてしまったに違いない……。きっと何か見てはいけないものを見てしまったんだ……。だが、ここに俺という存在がいたことがお前たちの最大の誤算だ。ククク……ダークリユニオン、お前たちの好きにはさせない……！」

サー、もう黙ってろよサー。

ブツブツとよくわからない設定を語る海藤に、燃堂が真顔《まがお》で応じた。

「オメーはいつもおもしれえなあ。ルサンチマンか？　お？　将来はマンガ家やファンタジー作家を目指《めざ》してんのか？」

嫌味《いやみ》のない笑顔で問いかけられ、延々と妄想《もうそう》設定を語っていた海藤《サー》が我に返る。

「え、あっ、いや、別に……あっ、そ、そんなんじゃねーし……」

顔を真っ赤にして、蚊《か》の鳴くような声でゴニョゴニョとそんなことを言う。

中二病の権化《ごんげ》のような海藤を思わず我に返させるとは、燃堂——おそろしい子！

「と、とにかくだ。俺たちのことは覚えているわけだ……」

まだ少し頬《ほお》を赤く染めた海藤が、咳払《せきばら》いをして確認作業を再開した。

「それではクラスメートはどうだ？　たとえばほら、窓際《まどぎわ》にいるあの男の名前は？」

「お？　学級委員の灰呂《ハイロ》だろ？　逆光で顔はよく見えねーけどな」

「クラスメートの名前も覚えているんだな……。それじゃあその隣にいるのは？」

「松尾《まつお》だろ？　それから沢北《さわきた》に夢原《ゆめはら》、**おっふ**さん──

──照橋《てるはし》さんだろ。

次々とクラスメートの名前を挙《あ》げていく燃堂。

「樫村《かしむら》、湯浅《ゆあさ》、宇野《うの》、鵜飼《うかい》、ディオニュソス、ツァラトゥストラ──」

流れるようにクラスメートの名前を言っていく燃堂。海藤が頷《うなず》いた。

「なるほど、まあ、クラスメートの名前もちゃんと覚えているようだな……」

──いや、何か、見えてはいけないものが見えているようなんだが。

「ああ、当然ゾルべと高橋《たかはし》も覚えているよな？」

「おう！　あたぼーよ！　あれがゾルべだろ。そしてタカ……ハシ……？」

「どうやらクラスメートの名前も完璧のようだな……。とすると覚えていないのは自分の元の性格だけ……ということか……？」

高橋の記憶だけ完全に忘却の彼方《かなた》にあったような気もするが、それはまあいいだろう。

「どうしたものかな斉木。今の燃堂は『ラーメン』という単語を言わないだけで、その他の記憶にはあまり問題がないように思える。というか、記憶喪失というよりも、むしろ以前よりも記憶が増《ふ》えているような気すらするのだが……？」

海藤が小声で僕に相談してくる。僕は黙って思考を続けた。

どうやら、いつもと違う今の燃堂に足《た》りないものは、海藤の言うように『ラーメン』という単語のみ。燃堂が操る数少ない単語の中から、これだけがなぜか抜け落ちてしまっているのが今のこの状態なのだ……たぶん。

つまり、簡潔に言えば趣味嗜好《しこう》に関する記憶のみを失っている状態ということだ。

「なんというか……このままでもいいんじゃないか？」

海藤がそんなことを言う。

だがな海藤――

休み時間には哲学を語り、放課後はオシャレな喫茶店に行きエビピラフを食べる燃堂を、お前はどう思う？　嫌《いや》だろう？　そんな燃堂、少なくとも僕は嫌だ。

それに、やたらと知的で爽《さわ》やかという状態にもかかわらず、いつも通り心と行動が読めない燃堂というのは僕にとって危険な存在だ。それはもはや人の域《いき》を超《こ》えてしまった魔のようなもの。これならば普段の燃堂の方がまだマシだ。

しかし、一体どうすればいいんだ？

僕が悩んでいると、海藤が腕を組みながらひとりごちた。

「しかし記憶喪失か……考えようによってはよくあるパターンなんだが……」

よくあってたまるか。確かにマンガやドラマなんかではよくあるかもしれないが。

「こういうのの定番は、同じ衝撃《しょうげき》を与えれば治るみたいな感じだな。だが困ったぞ。燃堂がどうしてこうなったのかわからない以上、その方法は使えないしな……」

ああ、どうしてこうなったのか心当たりがものすごくある。

顎《あご》に指をやって考えこむ海藤を見つめながら、僕は静かに溜息《ためいき》をついた。

やれやれ、僕がなんとかするしかないか……。

僕は決意する。僕の超能力を駆使して、燃堂を元に戻してやろう、と。

――燃堂……放課後、また一緒にラーメンを食べに行こう。


僕は体育の授業が嫌いだ。高校生活におけるあらゆる科目の中で、僕がもっとも苦手《にがて》としているものといっても過言ではない。しかしこれだけは言わせてもらいたい。別に僕が運動音痴《おんち》だから体育を嫌っているわけではない。運動は、むしろできる方だと思う。ただ、僕にとって体育は難しすぎるのだ。

何がそんなに難しいかって？　無論、常人のレベルにあわせるのが、だ。

たとえば、僕が本気でキャッチボールをしたとしよう。するとどうなるか。やったことはないから正確にはどうなるのかわからないが、まあ、十中八九キャッチする人がいなくなることだろう。無論、この世からいなくなるという意味だ。

たとえば、僕が本気でサッカーをしたとしよう。ゴールに向かって全力でシュートしてみよう。するとどうなるか。これもおそらくになるが、まあ、シュート後のゴール付近の写真を撮ってみたら、撮影者はきっとその瞬間から戦場カメラマンと呼ばれることになるだろう。

つまり、超能力者である僕の身体能力が常人とは違いすぎるが故《ゆえ》に、僕は体育の時間中、常に意識して加減をし続けなくてはならないのだ。そして超能力といっても、それは決して万能の力ではない。全力を出すよりも、ちまちまと加減をすることの方が難しく身体への負担も大きい。まったく、これほどまでに難しく神経を使い疲労する作業も滅多《めった》にない。だから僕は体育の授業が嫌いなのだ。

だが今日に限っては、昼食前に体育の授業があったことはむしろ好都合《こうつごう》だ。そしてさらに都合のいいことに、今日の体育はソフトボールだった。

チームに分かれて、試合を行うことになった。土が剝《む》き出《だ》しになった広いグラウンドに、グローブをつけたクラスメートたちが散っていく。

試合がはじまった。僕は、同じチームの燃堂とともに打順を待っていた。広いグラウンドの向こう側から、試合を行う別のチームのかけ声が早くも聞こえてくる。

「アァォーッ！　熱くなれ！　熱くなれフォオオオオ！　勝つぞ勝つぞシャアァァ！」

というか灰呂の声だけがやたらとよく聞こえてきた。なんて暑苦しい男だ。かけ声だけでもう暑苦しい。まったく、存在自体がサウナのような男だ。灰呂と同じチームにならなくて、そして灰呂と対戦するチームにもならなくて本当によかった。

しみじみとそんなことを考えていると、同じチームの海藤がバットを持って颯爽《さっそう》と歩《あゆ》み出《で》ていった。

「フンッ……ひさびさに少しだけ、『本気』というやつを見せてやろう……」

打席に立った海藤は、ニヤリと意味深な笑みを浮かべながらバットを天に向け予告ホームランのポーズを見せる。しかし僕はすぐにグラウンドの向こう側で試合をしている灰呂たちに視線を戻した。

クラスメートたちの余計なお世話という名の計《はか》らいにより、友達だからとかいうふざけた理由でこうしてなぜか強制的に燃堂と海藤と同じチームにさせられたことははなはだ不愉快ではあるが、しかしそれも今日に限っては好都合だ。なぜなら――

カキーンとひときわ大きな音を立て、あちらのグラウンドでファウルボールが打ち上がった。天高く舞い上がったボールに僕は力強い視線を送る。これを待っていた……！

ボールをサイコキネシスで操作、誘導する。野球で使用するものよりもやや大きめのこのボールで、燃堂の頭部を狙う！

「デカルトはねーわ。やっぱニーチェだよな」

そんなことを呟きながらのんきに試合を眺《なが》める燃堂に、ボールを叩きこむ！

――悪く思うなよ燃堂。大好きな『ラーメン』を思い出すためだ……！

「お？　靴ひもが……」

いきなりしゃがむ燃堂。燃堂の頭上を通過し地面に転がるボール。唖然《あぜん》とする僕。

こんなことあっていいのか。偶然にもボールをかわされるとは……。燃堂、いつものお前なら直撃を受けているはず……。

――そんな馬鹿な……。

「すまない斉木君！　ボールがそちらまで飛んでいってしまった！」

グラウンドの向こうで、逆光で顔はよく見えないが灰呂が手を振って叫んだ。

「ボール？　お、これか」

転がっていたボールを見つける燃堂。本来ならば今頃燃堂の頭部にメリこんでいたはずのボールが、本人の手によって投げ返されてしまう。

「ストライッ！　バッターアウトッ！」

それとほぼ同時に、人形のように無表情となった海藤がとぼとぼと帰ってきた。


その後も僕の攻撃はかわされ続けた。

偶然に偶然が重《かさ》なり、僕がサイコキネシスで操るボールがまったく当たらない。記憶喪失となり妙に勘がよくなったのか、燃堂が神業《かみわざ》のような回避を連発していく。降りそそぐボールの数々を、まるで超能力でもあるかのごとくひょいひょいとかわしていく。

燃堂の頭部目がけて高速でボールを放《はな》つ……！

「お？　落とし物か。しょうがねえな、届けてやるか」

「いけねえ、また靴ひもが」

「相棒、『神は死んだ』って、どういう意味なんだろうな……」

「お、テントウムシだぜ相棒！」

「おお？　靴ひもが……」

「相棒、空がなぜ青いのか知ってっか？」

「また靴ひもが……どうなってんだ……」

何度も何度も燃堂の頭部を狙ってボールを放つも、すべて避《よ》けられる。どうなってんだはこっちのセリフだ。

そのうちに、クラスメートたちからこんな声があがるようになってしまう。

「なあ、今日はやたらとファウルボールが多くないか？」

「そうだな。ファウルになる率が神懸《かみが》かってるよな……」

――違うな。ファウルは僕の超能力。真に神懸かっているのは燃堂の回避率の方だ。

だがしかし、無論そんなことを言うわけにもいかない。やれやれ、冷静にならなくては。

これ以上派手にやり過ぎるとクラスメートに不審《ふしん》がられてしまう。

自然体でボールが使えるこの体育の時間中になんとしても燃堂の記憶を――

チャイムが鳴り響いた。

愕然《がくぜん》としたまま、僕はその場に立ち尽くす。

まさか、この僕が一球たりとも燃堂にボールを当てることができないとは……。数十分もかけて一発もヒットさせることができないなんて……。悪夢だ……。

ボールとグローブをカゴに入れ、皆がぞろぞろと教室へ戻っていく。一箇所《いっかしょ》にまとめた道具を倉庫まで運んで片づけるのは体育当番の仕事だ。

――くっ、このまま終わるわけにはいかない……！

僕はとっさに視界の片隅《かたすみ》に映ったサッカーボールにサイコキネシスを使用した。グラウンドの隅に放置されていたサッカーボールだ。誰かが片づけ忘れたのだろう。皆の目を盗んでそれをサイコキネシスで持ち上げる。教室へ帰ろうとする燃堂の頭部目がけて弾丸のように撃《う》ち出《だ》す！

「また靴ひもが……グノーシス派か？」

例によって膝《ひざ》をついた燃堂の頭上を通過していくサッカーボール。ソフトボールの球《たま》よりも大きめのサッカーボールならいけると思ったが、これもダメか……。それとお前何回靴ひも言うんだ。ちゃんと結べ。

体育当番になったクラスメートたちは、教室へは帰らずにグラウンドの端の方でまだキャッチボールをして遊んでいた。お昼休みになったので道具の片づけは後回しにして遊んでいくらしい。

遠くで、教室に帰ろうとしていたクラスメートたちが騒ぎはじめた。

「うわあああ！　高橋が白目剝いて気絶しているぞッ！」

「どうした⁉　何があったッ⁉」

「うめき声をあげたかと思ったらいきなり倒れて……！」

「どこからともなく急にサッカーボールが……！」

何かトラブルがあったらしい。先生やクラスメートが集まりざわついている。だが、今はそれどころではない。燃堂をなんとかしなければ……！

「む？　なにやら事件のようだな。俺の出番かもしれん……！　行くぞ斉木！」

ひとりで行ってこい。

右手を押さえながら、『事件』と言うわりには嬉《うれ》しそうな顔をして走っていく海藤を見送る。海藤、僕は今から燃堂の頭部に『事件』を起こさなくてはならないんだ。

海藤もいなくなり、クラスメートや先生も遠くに集まっている。さらにそれとは正反対の場所では、体育当番となったクラスメートたちがキャッチボールに夢中になっている。

グラウンドの真ん中に、僕と燃堂だけが取り残されたような状況ができあがっていた。今ならば、誰も見ていない……。

——おそらく、これが最後のチャンスになる……！

僕は燃堂の後頭部を見つめる。超能力者ばりの神回避を続ける燃堂。こうなったらこの学校中にある、ありとあらゆるボールをその後頭部に叩きこんでやる！

遠くの物を引きよせる能力——テレポートの逆バージョンの能力アポートを使い、僕は近くにあったカゴの中に集められたソフトボールの球と交換に、周囲にあらゆる種類のボールを出現させた。ちなみにテレポートとアポートについての詳《くわ》しい説明は0巻や3巻を参照してくれ。

遠くにできた人垣を眺めながら、燃堂が声をあげる。

「おっ⁉　人が倒れてんじゃねえか？　相棒、オレらも行って手伝おうぜ」

いいや燃堂、その必要はない。なぜなら……お前も今すぐに気絶するからだ。

僕は出現させたボールを燃堂に向けて発射した。燃堂目がけて、さながら流星のようにボールが降りそそいでいく。

しかし——

野球ボール、当たらない。バレーボール、当たらない。ラクロスボール、当たらない。バスケットボール、当たらない。テニスボール、当たらない。ゴルフボール、当たらない。ラグビーボール、当たらない。クリケットボール、当たらない。

燃堂が人間離れした勘の良さと動きで次々とボールをかわしていく。わりとマニアックな競技のボールまで用意したのにそつなくすべてかわされる。

体育の授業中からぶっ続けで能力を使用し続けてきた僕は、めずらしく疲労していた。前にも言ったように、超能力は万能ではない。たくさん使えばそれだけ身体に負担がかかる。際限なくほいほいと使えるものではないのだ。

疲労に顔を歪《ゆが》めながら、僕はさらに燃堂にボールを撃ちこんだ。

ビリヤードボール、当たらない。バランスボール、当たらない。

お？

ビーチボール、当たらない。ボウリングボール、当たらない。カラーボール、防犯用。スーパーボール、当たらない。ロードローラー、当たらない。

ジャスティスアイアントルネードボール……なんだこれ？

燃堂が軟体動物のような身のこなしで次々とボールを避けていく。無駄《むだ》のない動きですべてのボールを回避する燃堂——いや、もはや殺《ころ》せんせー。

——くっ……なんで全然当たらないんだ！

その気になれば天候——空模様でさえ自由自在に操れるほどの超能力を持つこの僕の攻撃がまったく当たらない。そしてついには、サイコキネシスがうまく発動しなくなる。

どうやら限界のようだ。

その瞬間——

「うわっ、危ない——‼」

カキーンという小気味よい音とともに、遠くからそんな声が聞こえた。聞き慣れた音。これはそう、バットがボールを捉《とら》えたときの音だ。疲労困憊《こんぱい》状態の僕は、眩《まぶ》しい太陽に目を細めながら音のした方向へ振り返る。状況はすぐに飲みこめた。どうやら、キャッチボールをして遊んでいた体育当番のクラスメートたちが、持っていたバットでボールを打ったらしい。そのボールが、僕目がけて飛んできたのだった。

サイコキネシスの使いすぎによりぼんやりとしてしまった頭で、僕は思考する。そう、このボールが燃堂に当たってくれればいい。燃堂に当たって、記憶が戻ってくれさえすれば、それですべてが済《す》むのだ。この、僕に向かって飛んできているボールが燃堂の頭部に当たってくれさえすれば……。

——いや、まずい！

はっと我に返る。疲労でうまく頭がまわっていなかった。天高く舞い上がったボールは今、燃堂ではなく僕目がけて猛スピードで落ちてくる。直撃コースだ。皮肉なことに、燃堂の頭部を狙うあまり、周囲への警戒が手薄になってしまっていた。

サイコキネシスでボールの軌道を逸らすか？ いやダメだ。それではボールの動きが明らかに不自然だ。人目がある。体育当番のクラスメートたちの視線が、僕に集まってしまっている。

ならば、サイコキネシスでボールの速度をギリギリまで落としてから当たるしかない。

だがしかし、今のこの疲労困憊の状態で、そこまで繊細《せんさい》な作業ができるかどうか……。

とっさの事態に、思わず超能力の使用を躊躇《ちゅうちょ》してしまう。目前にボールが迫《せま》っていた。

「あぶねえ相棒ッ‼」

——あ。

どこかで見たことのある光景だった。突如僕を突き飛ばし、先ほどまで僕がいた場所に燃堂が躍り出てきた。燃堂に押されその場に尻もちをついてしまった僕は、燃堂の顔面にボールが吸いこまれていくのを呆然《ぼうぜん》と見上げる。

ぐしゃりと鈍《にぶ》い音がした。

それと同時に、そのまま倒れこむ燃堂。

「うわぁー燃堂に当たったー!?」

「悪《わり》ィ!!　大丈夫か燃堂!?」

体育当番のクラスメートたちが叫びながら駆け寄ってくる。僕は心臓をバクバクさせながら立ち上がった。まさか燃堂に二度も助けられるとは……。

「あっ……あう……あ……」

燃堂がうめき声をあげる。そして――

「あ……相棒……。ケガ……ないか……？」

顔面にボールがメリこんだというのに、燃堂は僕の心配をしていた。燃堂が力なく笑みを浮かべる。

「へへっ、前に約束したろ？　オレが守ってやるってよ……」【0巻第2話参照】

燃堂、その約束、覚えていたのか……。

たとえどんな状態になっても、『ラーメン』という言葉を失っても、そのことだけは覚えていた燃堂。編集者が勝手につけ足した【参照】の文字で台なし感があるものの、僕はお前に礼を言わなければならない。

——すまない燃堂。お前のおかげで、助かった。

「だ、大丈夫か燃堂⁉」

駆けつけたクラスメートに訊《たず》ねられた燃堂が、勢いよく起き上がり叫んだ。

「テメエらどこ打ってんだ！　痛《いて》えだろうが！」

「す、すまん。これからは気をつける……。あ、俺らそろそろボール片づけないと……」

燃堂に怒鳴《どな》られたクラスメートたちは、ボールを拾ってそそくさと行ってしまう。走っていく彼らの後ろ姿を眺めながら、燃堂が吐《は》き捨《す》てるように呟いた。

「ったく、へたくそが！　オレ様じゃなかったら死んでんぜ」

燃堂の雰囲気が、先ほどとは明らかに違っていた。確かに同じ燃堂のはずなのに、身にまとっている空気がまるで違う。

まさか、燃堂——お前、記憶が……？

「お？　相棒、腹減ってきたな。ラーメン食い行くか？　おお？」

僕と目があった燃堂は、だらしない顔で笑いながらそんなことを言う。朝からずっと爽やかでキリッとしていて男前だった燃堂の顔つきが、見るからに凶悪でぽかんとしていてアホそうな顔に戻っている。

「おー、ラーメン食い行こうぜ？　お？」

燃堂だ。やっぱりいつもの燃堂だ。記憶が元に戻っている。やれやれ、一時はどうなることかと思ったが、ようやく普段の生活に戻れそうだ。一件落着だな。

「おー、ラーメン食い行こうぜ？　お？」

燃堂がしきりに僕を誘ってくる。

「おー、ラーメン食い行こうぜ？　お？」

まあ、助けてもらったことだし、今日くらいは喜んでつきあおう。

「おー、ラーメン食い行こうぜ？　お？」

……あれ？　なんか……ちょっと……。

「おー、ラーメン食い行こうぜ？　お？」

燃堂が、念仏のように同じセリフをくり返す。

「おっ、ラメン、食いっ、食いっ、行こ、お？　お？　お？」

ついには一点を凝視《ぎょうし》しながらガクガクと痙攣《けいれん》しはじめる燃堂。まさか、打ちどころが。

「あいぼっ、相棒ッ！　ラッ、ラララッ！　ラッ！　メーン！」

——悪化した……。

「ラメンッ！　おっラララッ！　あいぼッ！　おっおっメーン！」

虚空《こくう》を見つめガクガクする燃堂を前に、僕はその場に立ち尽くす。

——僕は一体どうすれば……。

広いグラウンドの中心で僕は途方に暮れていた。

『相棒、空がなぜ青いのか知ってっか？』

飛んでくるボールをびゅんびゅんとかわしながら、キリッとした表情で振り返り突如僕にそんなことを訊ねてきた爽やか燃堂の顔を思い出す。

やれやれ……偶然にも再びボールに当たり、元に戻るだなんて都合のいい話、『マンガじゃない』のだからあるはずないか……。

立ち尽くしながら、僕はしみじみと痛感する。

——空がなぜ青いのか。

それはな燃堂、僕が己《おのれ》の未熟さを噛《か》みしめながら見上げているからだ。

「相棒！　お？　相棒！　お？　お？　お？　お？　おっ！　おっ！　おっおっお！」

白球が似合いそうな青く澄みきった空に、燃堂の声が響き渡った。

「おう相棒、遊びに来たぜ」

玄関で、僕は燃堂《ねんどう》と顔を見あわせていた。

――やれやれ、休みの日にまでコイツの顔を見るはめになるとは……。

僕は溜息《ためいき》をついた。ドアの向こうから心の声が聞こえなかったので居留守を使おうとしたのだが、運悪く鍵《かぎ》が開いていたのだ。超能力を使って鍵を閉めようとしたときには時すでに遅し。鍵を閉めるよりも早く燃堂がドアを開けていた。

まったく、物騒《ぶっそう》なことこのうえない。今の時代、昼間とはいえ鍵を開けっぱなしにしていては、泥棒とか燃堂とか、あと燃堂とか燃堂などが勝手に入ってきてしまうじゃないか。

――いっそのこと塩でも撒《ま》いてみようか……溶《と》けてくれないだろうか……。

へらへらと笑う燃堂の顔を眺《なが》めながら、そんなことを考える。

「昨日《きのう》親戚んちに行ってよ、みやげ買ってきたぜ」

燃堂が袋を差し出す。

――そんなものどうでもいいから、帰ってくれないだろうか。

燃堂が買ってきたものだ。どうせろくなものではないのだろう。見下ろすように袋を覗《のぞ》きこむ。ちらりと覗く箱に『入間《いるま》物産《ぶっさん》おみやげ処《どころ》』の文字が見える。まさかこれは……！

袋を受け取り、はやる気持ちを抑《おさ》えながら箱を取り出した。案《あん》の定《じょう》そこには、想像していたものと寸分違《すんぶんたが》わぬ単語が書かれていた。

――『いるまんじゅう』じゃないか！

箱を見つめながら、僕は目を輝かせていた。


『いるまんじゅう』

埼玉《さいたま》県入間市を代表する名産品のひとつ。

キャッチコピーは『入間に居る間にいるまんじゅう』。

名前こそふざけているが甘さ控《ひか》えめの餡《あん》と狭山茶《さやまちゃ》を練《ね》りこんだ生地《きじ》のバランスが絶妙な一品。その味わいの良さから草加《そうか》せんべい・五家宝《ごかぼう》・芋菓子《いもがし》と並んで埼玉県の四大銘菓《めいか》と謳《うた》われているとかいないとかやっぱりいないとか人気なのでいつも売り切れているためむしろ実在しているかどうか定《さだ》かではないだとか謳われている一品である。〔要出典〕

コーヒーゼリーをはじめスイーツ全般をこよなく愛する僕だが、もちろん和菓子も嫌いじゃない。いや、むしろ大好きだ。特にこの入間市名物『いるまんじゅう』はお気に入りのひとつで、月イチくらいのペースで電車に乗って買いに行くほどだ。

まさかそれを燃堂が買ってきてくれるとは……。燃堂、よく来たな。狭山茶飲むか？

僕は燃堂を快《こころよ》く家に招《まね》き入《い》れた。

キッチンであたたかいお茶を淹《い》れ、僕は燃堂とともにまんじゅうを手にした。

——いただきます。

目を閉じて、『いるまんじゅう』を味わう。目を閉じることによって、生地に練りこまれた狭山茶の香りをよりいっそう感じることができる。まんじゅうを食べながら、僕は豊かな里山の環境を色濃く残した狭山丘陵《きゅうりょう》に想《おも》いを馳《は》せていた。埼玉県の南西部に広がる狭山丘陵。トトロが住んでいる森があることでも有名な狭山丘陵。狭山丘陵をはじめとする埼玉県の豊かな大地が、この濃厚な味わいを生み出す茶葉を育《はぐく》んでいるのだ。

この美しい自然を未来に伝えていかなければ。この素晴らしい味とともに。『いるまんじゅう』の製法とともに……！

おっと、『いるまんじゅう』のあまりのうまさに、僕としたことが思わずちょっと熱くなってしまったな。入間市はいつも僕を熱くさせる。

大納言《だいなごん》小豆《あずき》の濃厚な甘みを堪能《たんのう》しながら、ずずずとお茶をすする。『いるまんじゅう』には、やはり狭山茶がよくあう。生地に練りこんでいるだけあって、相性《あいしょう》が抜群だ。

——ああ、幸せだ……。

穏《おだ》やかな時間が流れていく。入間市に感謝をしながらお茶を飲む。

「しかしよお、こんなうめえもんつくるなんて、人間ってすげえんだな……」

——燃堂、急にどうした⁉

お茶を飲む手をぴたりと止めて、僕はまじまじと燃堂を見つめた。なぜ突然そのような、ともすれば哲学的なことを言いだすのか……。

「人間すげえよな、人間。お？」

まんじゅうを口いっぱいに頬張《ほおば》りながら、燃堂がしきりにそんなことを言う。

——また頭でも打ったのだろうか……。

僕はダラダラと冷や汗を流していた。

「こんなうめえもんあったんだな『人間』。知らなかったぜ」

燃堂が、歯を見せて笑った。

「うめえ。やっぱすげえよな……『人間市』」

# 第3X《カイ》

# 食いきれ！　ラーメンひのき

放課後のことである。

燃堂《ねんどう》、海藤《かいどう》、そして僕の三人は、寄り道をしていた。

やれやれ……ここのところ、この三人で放課後よく一緒にいるような気がするな……。

こうして燃堂と海藤がいると他のクラスメートは近づいてこないので、このふたりもそういった面では確かに役に立つのだが、あまり一緒にいるのも考えものだ。

目立ちたくはない。しかしこのふたりと同類だと思われるのも、それはそれで精神的につらいものがある。難しい問題だ。

「まだ着かないのか？」

「もーちょいだって」

そんな燃堂と海藤のやりとりを聞きながら、僕は悩みつつ黙ってふたりについていく。

しかし、いくら悩んでもこの手の問題は答えが出ないのが常《つね》というもの。今日はこのまま流れに身を任《まか》せるとしよう。運悪くこのふたりに捕まってしまった時点で、『放課後は三人でラーメン』ルートが確定ということなのか？

今まさに、三人で燃堂おすすめのラーメン店へ向かっているところだった。

いちいちネットの口コミを見なくても、お客の心さえ視《み》ることができれば、僕にはそのラーメン店がうまいのかマズいのか一発でわかるのだが。

しかし、前を行く燃堂が何を考えているのかだけは超能力者であるこの僕にすらわからない。燃堂の心が読めない僕には、これからどんな店に連れて行かれるのかまったく見当がつかなかった。

——おすすめか……。

てくてくと歩きながら、僕は燃堂が持ってくる情報の不確かさを思い返す。

燃堂の持ってくる口コミ情報は、都市伝説の類《たぐい》といっても差《さ》し障《さわ》りがないようなものばかりだ。やれあの店がうまいと近所の駄菓子屋《だがしや》の婆《ばあ》ちゃんの弟の親戚が言っていただとか、やれその親戚の友達の妹の親戚がうまいと言っていただとか、やれ友人の友人がラーメンマンだとか、もはや何を言っているのかすらわからない情報しか持ってこないのだ。

今向かっているラーメン店もまた、正直、燃堂が薦《すす》める店だからあまり期待はできないが、どのような店だろうときっとあの『覇王翔吼軒《はおうしようこうけん》』よりは遥《はる》かにマシだろう……。

そんなことを考えながら歩いていく。

ちなみにこれはあとから超能力により知った話だが、あの店、店長が替わってから味が落ちてああなったらしい。うん。ものすごくどうでもいい情報だな。

超能力があると、このようにふつうでは知りえないどうでもいい情報もすぐに集めることができる。しかし超能力では、残念ながら今僕が感じているこの不安な気持ちを解消することはできなかった。

――もし……あの『覇王翔吼軒』よりもひどい店だったらどうするか……。

いつでも逃げられるように心の準備はしておくか。

覚悟しながら、燃堂について見慣《みな》れぬ通りを歩いていく。学校から歩いていける範囲内ではあるものの、普段は滅多《めった》に行くことのない、最寄り駅の反対側にある通りとあって、知らない店ばかりだ。チェーン店などはなく、個人経営であろうお店が並んでいる。

歩きながら、僕はそのうちのひとつに視線を向ける。

小さな喫茶店があった。錆《さび》の浮いた、年季の入った看板。なんともレトロな雰囲気だ。しかし、店はまだ現役だ。ドアには控えめな文字で【ＯＰＥＮ】と書かれた札がかけてある。初めて見た店だが、どこかなつかしい気持ちになる。

立ち並ぶ店の看板を次々と眺《なが》めながら進んでいく。

『喫茶ソフマン』『居酒屋　白影《しろかげ》』『フィギュア&ドールの店　堀田《ほった》』『脇汗《わきあせ》不動産』『ホテル大貧民Ω《オメガ》』『喫茶エイワズ』『喫茶グラグリ』『喫茶　即興劇』『喫茶ポメ高《こう》』『喫茶ラス

タライズ』……喫茶多いな。無駄《むだ》に激戦区じゃないか。

「おっ？　あったぜ相棒」

燃堂が足を止める。僕は店の看板を見上げる。

【ラーメンひのき】

赤地に、白文字ででかでかと店名が書かれている。いかにもラーメン店といった食欲をそそる看板だ。店名の前には黄色で強調して『激ウマ』という文字も躍《おど》っている。

――なんだ、わりとふつうの店じゃないか。

燃堂に導《みちび》かれるままに歩いてきて不安だったが、店名と店の外観を見て僕はひとまず安《あん》堵《ど》する。いや、だが安心するのはまだ早い。

「腹減ったな。早く入ろうぜ」

自動ドアが開いて、燃堂が店内に入っていく。「いらっしゃいませー」という弾《はず》むような女性店員の声を聞きながら、僕と海藤も燃堂に続いた。

店内を見まわす。放課後の中途半端《はんぱ》な時間のためか、他に客はいない。しかしなんてことはない、カウンターとテーブル席のあるごくふつうの内装だ。燃堂おすすめの店ということでかなり身構《みがま》えていたのだが、店名も外観も内装もふつうだ。これはどう見てもふつうのラーメン屋だ。どこにでもあるラーメン屋だ。いろいろと不安に思っていたが、どうやら僕の考えすぎだったようだ。

僕たちは、魔法使いのような黒いローブを着た女性店員に出迎えられ――おおっと？

やっぱりふつうじゃなかった。

なんて格好をしているんだ。どう見てもラーメン屋の格好ではない。ラーメンを出すんじゃなくて火球《かきゅう》を撃《う》ち出《だ》す格好だ。燃堂おすすめの店――やはり油断できない。

戦慄《せんりつ》を覚えながら、僕はカウンター席に腰を下ろした。右に燃堂、左に海藤が座る。

「塩ラーメンふたつな。オレの大盛りで」

燃堂が、親指で自分の分と僕の分というジェスチャーをしながら注文する。

「ふう……腹減ってしょうがねえぜ。今日のオレ様は大盛りでいきたい気分よぉ」

さっそくお冷《ひ》やを一気飲みしながら、燃堂がそんなことを言う。

そしてなぜか僕の分まで勝手に注文されたが、まあ、初めて来る店だし、それでいいだろう。塩ラーメンならばそこまで変なものが出てくることはないだろうしな。

「かしこまりましたー。塩二丁！　ひとつ大盛りで！」

「かしこまりー……」

女性店員の威勢のいいかけ声を受けて、厨房《ちゅうぼう》からくぐもった声があがる。調理しているのは、女性店員と同じく魔法使いのような格好をした男だった。

極生
スーパードライ!!!
冷やし中華始めません

――店員の服装は変わっているが……。

僕はお冷やを口に運びながら改めて店内を見まわした。

店名も外観も内装もふつうだ。ただ単に、店員が変わった格好をしているだけか……。

ラーメン業界で生き残るのは厳しいと聞く。きっとこの店は、他店との差別化を図《はか》るために店員があえて変わった格好をしているだけなのだろう。

――うん。ふつうの店だ。燃堂おすすめの店だからってさすがに警戒しすぎか……。

厨房で、仮面の男が麺《めん》を茹《ゆ》ではじめた。おそらく僕たちの分――おおっと？

――仮面か。

困ったな……やはりふつうの店じゃないかもしれない……。

水に口をつけながら僕が考えこんでいると、隣に座った海藤が傍《はた》から見ても明らかに慌《あわ》てふためいていた。

僕と燃堂の注文を聞き終えた女性店員が、笑顔のまま海藤に視線を送っているのだ。

焦《あせ》りながら、カウンターに置いてあるメニューを見たり、壁にかかっているメニューを見たりとあたふたする海藤。

背を丸めて顔を赤くしながら、海藤が手もとにあったメニューを指差した。

「あっ、えっと……あの、これをひとつ……」

「はい？」

「あっ、この『黒魔術《くろまじゅつ》ラーメン』っていうのなんですけど……」

——ちょっと待て。

「そちら、少々お待ちいただくことになりますがよろしいでしょうか？」

「あっ、はい。いいです。待ちます……」

「かしこまりましたー。黒魔術ラーメン一丁！」

——だからちょっと待て。

なんなんだその『黒魔術ラーメン』とかいうふざけた名前は。『黒魔術』ってふつうに考えて食べ物の前につけていい単語じゃないだろ。

燃堂おすすめのラーメン店——やはり安心できない。

どこかふつうじゃない店に不安を感じていると、海藤が僕を見ながらほくそ笑《え》んだ。

「ククク……黒魔術か……俺好みの名前じゃあないか。なあ斉木《さいき》？」

お前店員さんの前だと大人《おとな》しいのな。

注文を終えた海藤は、先ほどとは打って変わって堂々としていた。椅子《いす》に深々と腰かけ、胸を張りながら「ククク……」と言う。

海藤を放置しながら、僕は店内に流れる有線放送に耳を傾けていた。

流れているのはアップテンポの曲だ。ＣＭなどで聴き覚えのある曲だ。歌っているのは人気の男性アイドルユニットだったか。若い女性のみならず、幅広い層から支持されていたグループなのだが……。

——なんといったかな、名前が思い出せない。

記憶を探るため、僕は目を閉じて小首を傾《かし》げた。

「お？　ＳＰＬＥＥＮ《シュプリーン》の『愛を食べる魔物』か」

——そう。確かそんなグループ名と曲名だった……。え？

驚くべきことに、燃堂が、さらっとグループ名と曲名をあげた。

「ま、オレ様としてはこの曲より『マグニチュード神父』の方が好みだけどな。なあ相棒？」

え？　知らん。

「ククク、素人《しろうと》が……。やはりＳＰＬＥＥＮなら『ムーンライトケルベロス』か『瞳《ひとみ》のパンドラボックス』一択《いったく》だろう？」

海藤まで参戦してきた。そしてそれは二択だ。

それを聞いた燃堂が、ゲラゲラと大声で笑う。

「センスねぇなあチビ。『ムーンライトケルベロス』とか、全然売れてねー曲じゃねーか」

「フ、フンッ……あの曲の真の良さは、貴様のような男にはわかるまい……」

「おお？　わかってるっつーの。あれ、ただかっこつけてるだけの、何番煎《せん》じだっつーレベルの曲だったろ？　お？」

「なにぃ、貴様、それ以上『ムーンライトケルベロス』の悪口を言ったら許さんぞ！」

僕を挟《はさ》んで燃堂と海藤が口論をはじめる。ていうか、お前らファンだったの？　どんだけ詳《くわ》しいんだ。あと僕を挟みながらふたりでよくわからない話するのやめろ。

左右でペチャクチャとしゃべられて、僕は少しだけイライラとしてくる。

海藤が「やめろやめろぉ！　それ以上悪く言ったら月《ルナ》のチカラを解《と》き放《はな》つぞ！」とか言いだしたあたりで、僕の前にできたての塩ラーメンが置かれた。

「お待たせいたしましたー。塩ふつう盛りのお客様ー」

やって来た店員を前にして、それまで大声で話していた海藤が一瞬にして静かになる。

「塩大盛りと黒魔術ラーメン、もう少々お待ちくださいねー」

女性店員に笑顔を向けられた海藤は、うつむきながら小さな声で「あっ、はい……」と答えた。結局、月《ルナ》のチカラはどうなったのだろうか。とりあえず今は、目の前に置かれたラーメンに集中するとしよう。

湯気とともに立ちのぼってくる魚介《ぎょかい》系の香りを胸いっぱいに吸いこみながら、僕はどんぶりを見下ろしていた。すっきりと澄んだ色のスープが美しい。その上に、大きめのチャーシューとメンマ、さらにはとろりと今にも溶け出しそうな黄身が鮮《あざ》やかな半熟煮卵《はんじゆくにたまご》がのっている。そこに青々としたネギが散らされ、どんぶりの端《はし》では海苔《のり》がひとっ風呂浴びている。見た目は完璧《かんぺき》。まさにお手本のような塩ラーメンだ。

僕はごくりと唾《つば》を呑《の》んだ。

——いただきます。

割《わ》り箸《ばし》を手に、麵をすする。湯気が立ちのぼり、メガネが曇《くも》る。だが大丈夫だ。僕には熱々《あつあつ》のラーメンを食べてもメガネが曇らないという超能力もある。

ひと口食べて、僕は衝撃《しようげき》を受けた。

——こ、これは……！

思わず、かっと目を見開く。割り箸を持った手が止まらなくなる。

決してうまくもなく、だからといって決してマズくもないという、どう表現していいのだかわからない味！　濃厚のようでいて、それでいてさっぱりとしているような気もしないでもないという中途半端なスープ！　さらにこの太麵のような細麵のようなどっちつかずの麵！　極《きわ》めつけはこの具材の数々！　かたくもやわらかくもないチャーシュー！　それなりに飲みこみづらいメンマ！　そこらへんのコンビニで売っていそうな半熟煮卵！

ただ青いだけのネギ！　そして、湯あたりしたかのようにぐったりとしてどんぶりに貼《は》りついてしまった海苔！　それらすべてが融和《ゆうわ》して、まずまずのハーモニーを奏《かな》でている！

つまりは――

ふつうだ。

うん。本当にふつうだ。ただただふつうだ。何も言うことがないくらいふつうだ。平均的なラーメンだ。もし僕以外の誰かが食べたとしても、きっとこれと同じような感想を言うに違いないほどふつうだ。ああ、だがしかし、この気持ちはなんだろう？

――食べることが、やめられない……！

そう――うまくはないが、マズくもないため残すことができない！　ふつうに食べられてしまうのだ。なんだこれは……。恐ろしいラーメンだ……。まるで魔術のようだ……。

そうだ。魔術といえば――

厨房では、海藤が頼んだ黒魔術ラーメンの調理が進んでいた。

仮面の男が、今まさに湯切りをするところだった。

ぐらぐらと煮えたぎる大鍋《おおなべ》から湯切りざるを取り出して、仮面の男が高速で空中に円と十字を描くようにしながら湯切りをしていく。

「アロバラサム　パロリナチョマント　パラマイカ……」

おまけにブツブツとなんか唱《とな》えはじめた。

仮面の男による呪文《じゅもん》の詠唱《えいしょう》とともに、ジャッジャッとあたりにお湯が飛び散る。熱気と詠唱があわさって、厨房が異様な雰囲気に包まれていく。

「メッサラ！　メッサラ！」

男の声がしだいに大きくなっていく。お湯を飛び散らせ、湯気で魔法陣を描いていく。

「メッサラァ……」

呪文を唱え終わるのと同時に、バシャンとスープの中に麵が放りこまれる。

「黒魔術ラーメンおまち……」

ごとりと、海藤の前に湯気の立ちのぼるどんぶりが置かれた。食欲失《う》せるだろ。できあがったラーメンを見て、それ以前にそのラーメンをつくる過程を見て、海藤が、げんなりとした表情になっていた。

黒魔術ラーメン――つくり方だけでなく、その見た目もまた黒い。スープだけでなく麵まで黒い。スープは醬油《しょうゆ》ベースであろうか。麵にはイカスミでも練《ね》りこんであるのだろうか。とにかく真っ黒である。これほどまでに黒い食べ物など、生まれてこのかた見たことがないというくらい真っ黒だ。

なんというか……まあ、よかったな海藤……。ほら、お前の好きな『漆黒《しっこく》』だぞ？

「クックック……なるほどな、『闇《やみ》』か……そうきたか……」

海藤がしきりにそんなことを呟《つぶや》きながら、割り箸で麺を持ち上げ、「ふーふー」しはじめた。かっこつけたあとにそんなに「ふーふー」されてもな……。

「オォ……口の中に『闇』が広がっていく……。フフフ、これだ……この味だ……！　この味こそが……この味が……うん、まあ……ふつうだな……」

「ふーふー」しながら黙々と黒魔術ラーメンを食べ進めていく海藤。先ほどまで芝居がかった口調でなにやら呟いていたが、もう何も言わなくなってしまっていた。しかし僕と同じく、食べることをやめるわけでもない。やはりそちらも見た目が奇抜なだけで、うまくもマズくもないふつうのラーメンだったか……。

そんなことを思いながら、僕もまた目の前の塩ラーメンを食べ進める。

——ラーメンひのき……これはたまに無性《むしょう》に食べたくなる味だ……。あなどれない。

初めて食べたというのに、僕はもうすでにこの店のラーメンにハマりつつあった。

最初は燃堂おすすめの店だからという理由で妙に緊張していたが、ふたを開けてみればなんてことはない。ふつうの店だ。店名も、外観も、そして内装もふつうだ。店員が変わった格好をしているというだけで、出てくるラーメンの味もまたふつう。やれやれ、結局僕がひとりで勝手に警戒していただけか……。

食べながら、目の前に置かれた卓上メニューに視線を移す。そういえば、僕が食べているこの塩ラーメンは燃堂が注文したものだった。メニューを見ていなかったな。

――ほう、なるほど。

メニューをひと目見て、ここで僕はようやく店員たちの服装の意味に気がついた。

メニューの種類は豊富だった。醤油ラーメンから味噌《みそ》ラーメン、豚骨《とんこつ》ラーメンなどなど、基本的なラーメンならすべてそろっている。僕と燃堂が頼んだ塩ラーメンには『当店一押し！』の文字まで書かれていた。しかし、それらすべてのメニューの前に、なぜか『魔女《まじょ》っ娘《こ》』という文字がついているのだ。

――僕が今まで食べていたのは、この『魔女っ娘塩ラーメン』だったのか……。

だから店員が魔法使いのような格好をしていたのだ。ここはつまり、メイド喫茶のようなイメージでつくった魔女っ娘ラーメン店だったというわけだ。厨房にいたのは仮面のおっさんであったが、とにもかくにも魔女っ娘ラーメン店だったのだ。なんというか、ラーメン業界で生き残るのは厳しいという話は本当なんだな。

――変わった格好をしている店員がいる、すべてがふつうの店……か……。悪くない。

僕はこの店のラーメンにハマりつつあった。

順にメニューを眺めていく。どのメニューにも、みんな『魔女っ娘』という単語がついている。『魔女っ娘チャーシュー麺』『魔女っ娘担々麺《たんたんめん》』『魔女っ娘ワンタン麺』……。

これらのラーメンも、うまくもマズくもないふつうの味なのだろうか。

次々とメニューを見ていく。この店のラーメンは本当に種類が豊富だ。

『魔女っ娘チャンポン麺』『魔女っ娘パーコー麺』『魔女っ娘インスタントラーメン』

『大人気アイドル輪月円《わつきまどか》の卒業アルバム』……。

——なんか違うのがあった。

え？　なんだこれ？　魔女っ娘どこ行った？　というか、これだけ食べ物じゃないような気がするんだが。

思わず、僕は卓上メニューを手に取り凝視《ぎょうし》してしまう。

他の魔女っ娘ラーメンと違って、『卒業アルバム』には値段が書いていない。ただ『時価』とだけ書かれている。どういうことなのか。

怪訝《けげん》な顔をしながらメニューを見つめる僕に、女性店員がカウンター越しにひそひそ声で話しかけてきた。

「なに？　お兄さん興味あるの？　安くしとくわよ？」

ナニコレ？　なんか怖《こわ》いんだが……。

「知ってるでしょ？　不思議系正統派美少女、輪月円。そんな彼女の学生時代のあんな写真やこんな写真が、これ一冊ですべてあなたのものになるのよ？　どう？　欲しくなってこない？　ここでしか手に入らない限定品よ？」

――でも、お高いんでしょう？

僕はこの店の手口にハマりつつあった。

ふっ、冗談だ。『あんな写真』とは顔写真のこと。『こんな写真』とは集合写真のことか。しかし、一体なんなんだこの女は？　ここは先ほどまで、うまくもマズくもないふつうのラーメンを食べることのできるただのラーメン屋だったはず……。

――一体なにが起こっている？

僕は店員の女の目をじっと見つめていた。笑顔だが、その目は黒く濁《にご》っていた。黒魔術ラーメンどころではない。闇だ。正真正銘《しょうしんしょうめい》の闇がそこにあった。これほどまでにどす黒く濁った瞳《ひとみ》など、生まれてこのかた見たことがないというくらいに。

――それにこの女……。

僕はテレパシーで彼女の脳内を知ることができた。

――なるほど、その大人気女性アイドルとやらと同じ学校出身なのか。

それで裏でこんな商売をして金儲《かねもう》けをしていたのだ。まあ、『裏』というか、堂々とメニューに書いてあるわけだが。

しかし、彼女の恐ろしいところはそこではない――

「なんと今だけ二割引き！　お買い得よ！　（お金、紙幣、現金、マネー……）」

――この女、本当に金のことしか考えていない……！

こんな人間見るのは初めてだ。脱税した政治家ですら、もうちょっとマシだぞ。

――なんだこの店……。

にやりと邪悪《じゃあく》な笑みを浮かべる店員の女のセールストークを聞き流しながら、僕は再びメニューに視線を戻す。メニューの一番端には、ひときわ目立つ文字が躍っていた。

『お得な大盛り完食キャンペーン！　完食できたらなんと五十円引き！　できなかったら罰金十万円&皿洗い！　じゃんじゃん食べよう！』

なるほど、そういうのもあるのか。いや待て、残したら罰金十万円……だと……!?

「大変お待たせいたしましたー。塩大盛りです」

「お？　やっと来たぜ」

燃堂の前に、通常の十倍はあろうかという大きさのどんぶりが置かれた。無論、中にはなみなみと麺とスープが盛られている。どうりで時間がかかったわけだ。軽く十人前は超《こ》えている量だ。

――これを食いきるというのか燃堂？　できなかったら罰金十万円だぞ？

ちらりと視線を送る。

しかし、大盛り塩ラーメンを前にしても、燃堂は顔色ひとつ変えていない。

「腹減ってるしな。このくらい楽勝よぉ」

僕の視線に気づいた燃堂が、親指を立てながら余裕の笑みをみせる。

「相棒、もし先に食い終わってても、ちょっと待っててくれよな。オレがこのラーメン食いきったらよぉ、このあと絶対にみんなでボーリング行こうな」

――0巻でも言ったが『ボウリング』な。ていうか、なんかお前死ぬの？　中途半端に死亡フラグめいたこと言うのやめろ。

そんなことを思いながら見つめていると、燃堂が勢いよく麺をすすりはじめた。


しばらくして――

僕は目の前の塩ラーメンを完食していた。結局全部食べてしまった。それなりに腹がふくれて満足したようなそうでもないような、なんとも言えない微妙な気持ちになる。

――さて、燃堂は完食できただろうか。

僕は燃堂の様子を窺《うかが》った。

割り箸片手に、鼻と口から大量の麺を溢《あふ》れさせた燃堂が白目を剝《む》いて気を失っていた。

――燃堂っ⁉

どうも静かになったなと思っていたが、まさかそんなおもしろい姿で気絶していたとは。

「あらら……お客さん、完食できなかったら罰金に皿洗いですよー？　お友達にも一緒にお願いしちゃおうかしら？」

再起不能になっていた燃堂の様子にニヤつきながら、店員の女が僕と海藤を見やる。

――くっ、この女……どんだけ金の亡者《もうじゃ》なんだ……っ！

五十円引きに至るまでのハイリスクぶりが鬼畜《きちく》過ぎる。罰金十万円？　オマケに僕たちにまで皿洗いをさせるつもりだと？　あの魔法使いのような衣装を着て仮面までつけて僕に働けと言うのか？　冗談じゃない。

だが――

製麺器のように鼻と口から麺を吹き出したまま動かなくなってしまった燃堂の手が、ゆっくりと動きはじめた。箸が麺を大量につかんで、口へと運んでいく。

――食べきれれば、文句はないのだろう？

僕はサイコキネシスを使用し、燃堂の持っている割り箸を操《あやつ》っていた。どんぶりの中身

魔女っ娘ラーメン
魔女っ娘ギョーザ
魔女娘炒飯
魔女娘ライス

を、勢いよく燃堂の口にねじこんでいく。

「おっ、ゾォッ、もっ、モ゙ッ、ヴォッ、ヴォッ、ヴォッ」

燃堂がなにやら「おっお」言いはじめたが、かまわず箸で麺を押しこんでいく。

「そんな……まだ食べることができたなんて……」

唖然《あぜん》とした表情で燃堂を見つめる店員の女。驚くのも無理はない。鼻と口から麺を吹き出し、白目を剥いてぐったりと気絶していた客が、さながらマリオネットのように割り箸だけをカクカクと動かして不気味に食べ進めているのだから。

「モッ、ンモッ、ヴォッ、ウヴォッ、ヴァ、ヴァ、ヴァッ」

——燃堂、あと少しだ。がんばってくれ。

素知《そし》らぬ顔をしてお冷やに口をつけながら、僕はサイコキネシスでぐいぐいと燃堂の口の中に麺を押しこんでいく。苦しいか燃堂？　だが燃堂よ、今は耐《た》えてくれ。この女の欲にまみれた野望を阻止《そし》するために。そして僕が皿洗いなどしなくても済《す》むように。

しばらくして、「ヴァア」という雄叫《おたけ》びとともに、燃堂が口いっぱいに頬張《ほおば》った麺をごくんと飲《の》み干《ほ》した。

見事、完食だ。

「あ……お、おめでとうございまーす。五十円引きでーす」

しばし呆然《ぼうぜん》としていた店員の女だったが、引《ひ》き攣《つ》った笑顔を浮かべながら燃堂に祝福の言葉を述《の》べた。無論、心の中では舌打ちをしながら十万円を惜しんでいるわけだが。

やれやれ……燃堂おすすめのラーメン店。やっぱり、ふつうの店じゃなかったか……。

僕は静かに溜息《ためいき》をついた。

そしてその燃堂はといえば――

「んっ……？　お？　いつの間に食いきったんだ……？　おお？」

意識を取り戻し、腹をパンパンにふくらませながら、そして鼻から麺を垂《た》らしながら、のんきにそんなことを言っていた。アホでよかった。本当に。

――さて、無事罰金と皿洗いから逃《のが》れることができたし、こんな店早く出るとしよう。

財布を取り出し、立ち上がろうとしてふと横を見ると――

「ふーふー！　ククク……『闇』よ……この俺の血肉となるがいいふーふー、フハハハハふーふー、味はぁ……ふぅー、『ふつう』だ！　ふーふー……」

海藤が、まだ食べていた。

猫舌なのだろうか。やたらと「ふーふー」ばかりしてなかなか食べ終わらない海藤を待っていると、店員の女が再び僕に話しかけてきた。

「で、どうするのお兄さん。卒業アルバム買うの？　買わないの？」

――やれやれ、またか……。

セールストークを聞き流しながら、僕はただただ時が流れるのを待ち続けた。

実は、『ラーメンひのき』にたどり着く前、僕たち三人は道に迷っていた。

「ラーメン屋はまだなのか？　まさか道に迷ったのではあるまいな？」

「平気よ平気。オレ様は常連だぜ？　それにちゃんと目印になるもんも覚えてっからよ」

あまりにも同じところをグルグル歩き続けるものだから、海藤《かいどう》が不機嫌《ふきげん》になっていた。

しかし燃堂《ねんどう》はそれに気づかず「いい天気だなあ相棒……」などとのんきなことを言いながら歩き続ける。まあ、曇《くも》っているわけだが。

晴れてはいない。しかし決して天気が悪いわけではないというなんともぱっとしない空の下、僕は燃堂と海藤に挟《はさ》まれたまま黙々と歩いていた。

――と、突然燃堂が足を止めた。あたりをキョロキョロと見まわして首をひねる。

「しかし、おっかしーなあ……。前にあった移動販売車が見つからねえ……」

移動したんだろ。

「おい貴様、まさか『目印』ってそれか⁉　なに考えてんだッ⁉　移動販売車なんだから移動するに決まってるだろ！」

「お？　移動しちまったのか……。まあ他にも、置いてあった空缶《あきかん》とか近くにいたサラリーマンとか覚えてっから大丈夫だろ」

大丈夫じゃないだろ。

なんだか雲行きが怪《あや》しくなってきた。今のこの状況と空模様。両方の意味でだ。

「それで、そのラーメン屋の店名は？　誰かに訊《き》いた方が早いんじゃないか？」

「店の名前か……。あんまよく覚えてねえな」

お前常連じゃないだろ。

「どうすんだ⁉　そんな店見つけられるはずないだろ！」

海藤が至極《しごく》真っ当なことを言うものの、あたりを見まわす燃堂は「空缶もねえぞオイ。どうなってんだ……」などと言ってまったく意に介《かい》さない。

場所も店名もわからない。おまけに僕には燃堂の心を読むことができない。燃堂の頭の中にある店の外観や周囲の様子などが視《み》えればまだ見つけようもあるのだろうが、これでは超能力者でもお手上げだな。

「サラリーマンもいねえ……。一体なにが起こっているんだ……」

そんなことを言いながらあっちへ行ったりこっちへ行ったりをくり返す燃堂。

僕は静かに溜息《ためいき》をついた。

やれやれ、店の名前も場所もわからないのでは、このままひと晩中歩きまわっても見つかる気がしない。どうだろう燃堂、今日はもうお開きにした方がよさそうだな。天気もぱっとしないし、夕方から夜にかけて雨が降りそうだし、ここはそうした方が――

「お？　あったぜ相棒！」

やっと目当ての店が見つかったか……。

「ようやく移動販売車が見つかったぜ！」

――そっちかよ！

燃堂が指差した先にあったのは、車体に『ピーチティーの長谷川《はせがわ》』と書かれた軽トラックだった。車体にでかでかと書かれている店名から察するにピーチティーの専門店なのだろうか？　なぜそれだけに特化してしまったのか……。

「そうだ相棒、知ってっか？　あの店のピーチティー驚くほどうまいんだぜ？」

どちらかというと、お前の口から『ピーチティー』というオシャレな単語が出てきたことの方が驚きなんだが。

「お？　そうだ、オレちょっちあの店でラーメン屋の場所訊いてくるわ！」

そう言って、燃堂が駆けだしていく。

「待ってろよ相棒、すぐにうまくもマズくもないおもしれえラーメン食わせてやっからよ」

なにそれ。まったく食べたくないんだが。というか不安になってきたんだが。むしろ帰りたくなってきたんだが。

「一体どんな店に連れて行く気なんだ……」

となりで海藤がそう呟《つぶや》いた。

移動販売車の店員となにやら話しこむ燃堂。道を訊くだけにしてはやけに長い。

しばらくすると、燃堂が両手に紙コップを持って帰ってきた。

「おお、飲んでみろよ相棒。ここのピーチティーえらいうまいぜ」

差し出された紙コップを思わず受け取る。透明なフタの下でカシャリと氷が揺れた。

ストローをくわえながら、燃堂が嬉々《きき》として語りだした。

「ズズズジュルジュルこの店の店長、ズズッ格ゲーマニアで昔役者めざしてたんだってよズズズ。お？　そういや映画のオーディション受けたこともあるって言ってたなジュルジュルズズズすげえよな、なあ相棒？　ズズズ……ズコッズコッ！　ズココッ！　コッ！」

えっと……燃堂……。ラーメン屋への行き方は？　あとズココうるさい。

「なあ、お、俺の分は……？」

うまそうにピーチティーをすする燃堂に、海藤が訊《たず》ねる。

「あぁ⁉　知らねーよ。両手でふたつしか持てねえだろうがッ！」

瞬《また》く間《たま》に中身を飲《の》み干《ほ》した燃堂が、空《から》になった紙コップをぐしゃりと握《にぎ》り潰《つぶ》す。

「だいたいなんでオレ様がテメーに奢《おご》らなきゃならねーんだ？　お？」

なんで僕にだけ奢ってくれたのだろう。あとで絶対にお金払っておこう。

海藤が「なんだよ……」と言いながらサイフを取り出して店に向かっていく。バリバリという音を立ててサイフを開いた海藤の背中には哀愁《あいしゅう》が漂っていた。

店に向かう海藤を眺《なが》めながら、燃堂がさらに続ける。

「そんでよ、ここの店の店長が苦労人でな、二度も失業したにもかかわらず今ではこうしてピーチティー屋さんとして立派に成功したっつー話を聞いて思わず泣けてきたぜ」

ピーチティー屋さんってなんだ。いや、それよりも燃堂、ラーメン屋への行き方は？

「つーわけで相棒、飲んでみろよ。お？　マジでうめえぞ？」

いや、だからラーメン屋は？

「お？　おぉ、やべえ、そういやラーメン屋のこと訊き忘れたわ」

ナニシニイッタノ？

「よし、もう一回訊いてくるわ。相棒はゆっくりそれ飲んでろな」

海藤を追うようにして走っていく燃堂を見送る。やれやれ、僕の分までピーチティーを買うことを考えていて本来の目的を忘れるとは……。燃堂、馬鹿なのか人がいいのか……まったく……。

僕は燃堂が買ってきてくれたピーチティーに口をつけた。甘くすっきりとした味わいのピーチティーが白桃の香りとともに口の中いっぱいに広がっていく。

――うまいじゃないか……！

「燃堂が薦《すす》める店だから正直期待していなかったが、これは想像以上の美味《うま》さだな！」

ピーチティーを買って戻ってきた海藤も、その味に感心しっぱなしだ。

夢中になって飲んでいると、すぐに紙コップが空になってしまう。そこへ再び、両手に紙コップを持って燃堂が帰ってくる。僕は差し出された紙コップを受け取った。

「どうだ相棒、うめえだろ？　お？」

確かにうまい。僕は頷《うなず》いて、二杯目を飲みはじめる。あまりのうまさに、ちょうどおかわりをしたいと思っていたところだ。ありがたい。それで燃堂、ラーメン屋の場所は？

「お？　おっ⁉　いけねえ忘れてたぜ！　もう一回訊いてくるな！」

――ほんとに何しに行ったんだ。

二杯目のピーチティーを飲みながら、僕は慌《あわ》てて来た道を引き返す燃堂を見送った。

しばらくして——

「相棒、道訊いたぞ！　相棒！」

燃堂が大声をあげながら嬉《うれ》しそうに駆けてくる。

——そうか、ようやく場所がわかったか……。

だが、燃堂……その両手に持っている紙コップはなんだ？　ラーメン屋へたどり着く前に、ピーチティーだけでお腹《なか》いっぱいになりそうなんだが……。

# 第4X《カイ》

# 物語れ！　漆黒の翼

俺の名は『漆黒《しっこく》の翼《つばさ》』……。かつては秘密結社ダークリユニオンの第A級ソルジャーとして暗躍していた男だ。しかしダークリユニオンの真の狙《ねら》い『人類選別計画』を知ってしまった俺は計画に必要な石『パナライズ』を盗み出し別の世界線へ逃亡、やって来たこの世界で俺は海藤瞬《かいどうしゅん》という偽《いつわ》りの名を名乗り、平凡な高校生を演じることになった。

だが、すでにこの世界にもダークリユニオンの魔の手が伸びていた……！

ダークリユニオン……あらゆる世界を自分たちの都合《つごう》のいいように改変して新世界を創造するつもりだろうが、そうはさせない。

——この俺、『漆黒の翼』がいる限り、お前たちの好きにはさせない……！

授業中、俺はぼんやりと窓の外を見つめながら、己《おのれ》の過去を思い出していた。

窓には光の加減で教室内の様子が映りこんでいた。斉木《さいき》をはじめとするクラスメートたちが静かに授業を受けている。穏《おだ》やかな時間だ。かつての俺では考えられないほどに、ゆるやかな時間が流れていく。クラスメートたちは知らない。彼らは戦場を知らない。しかし俺はそれでいいと思っている。クラスメートたちには俺がかつて生きてきたような世界を知ってほしくない。

ふとそんなことを考えている自分に気がついて、俺は自嘲《じちょう》した。

――フッ、少しこの世界に長くいすぎたようだ……。

情が移っているのか？　いざとなれば、俺は再びダークリユニオンとの戦いにこの身を投じなければならないというのに……。

「コラァー！　海藤、貴様よそ見をしているんじゃない！　この超難解な数学者ですら解《と》けない問題を解いてみろ！」

教師が俺の仮の名を呼んだ。ニヤニヤとしながら黒板を叩《たた》く。俺は立ち上がり答えた。

「……台形の面積を求めてからの、マンナズ！　イングス！　ウンジョー！　ピタゴラスの定理をどうにかこうにかしてから、サイン！　コサイン！　タンジェント！　ただし円周率は３とする！　ついでに英語もペラペーラで、あり・をり・はべり・いまそかり！　家康秀忠家光《いえやすひでただいえみつ》ザビエル！　スイヘーリーベ……ラララララッ！」

「くっ、正解だ……！」

「証明終了……」

――そう呟《つぶや》いて、俺は無言で席に着く。教室内がざわついた。

「すごいね。こんな難しい問題よく解けたね海藤君」

隣の席の照橋《てるはし》さんが小声でそんなことを言ってくる。

「このくらいの問題、解けて**おっふ**当然さ……」

退屈な問題だ。だが、平和の証《あかし》でもあるか……。漠然《ばくぜん》とそんなことを考えながら再び窓の外に目をやると、教師が数日後に開催が迫《せま》った文化祭の話をしだした。

「今年の文化祭だが、軽音楽部によるライブが中止になるそうだ」

「そ、そんなっ！　なんで!?」

「楽しみにしていたのに……」

クラスメートたちからは口々に中止を惜しむ声があがる。

「残念だがボーカル兼《けん》ギターをやる予定だった高橋《たかはし》が、急に虫歯になりさらには突き指をしてしまったんだ。誰か代わりにやってくれる人がいない限りバンドの演奏は中止だ」

「そんな……絶望的だ……」

「もうダメだ……。今年の文化祭はおしまいだ……」

クラスメートたちから笑顔が消えていく。

「ボーカル兼ギターを代わりにやってくれる人なんて……」

「それなら海藤君がいいわ」

照橋さんが俺を推薦《すいせん》する。教室内がざわついた。皆が俺に注目する。クラスメートが一気に盛りあがった。

「そうだ海藤だ！　海藤がいた！」

「頼むよ海藤！　お前しかいないんだ！」

絶望しきっていたクラスメートたちの顔に希望の灯《ひ》がともる。皆から期待をこめた眼差《まなざ》しで見つめられては、断《ことわ》るに断れない。まったく、俺も案外お人好《ひとよ》しだな。

「やれやれ……しかたない。乗り気じゃないが俺が代わりにやろう……」

「サンキューな海藤！」

「あの伝説のバンド『ダーク・ケルベロス・ハリケーン』が一夜限りの復活だな！」

「今年の文化祭は伝説になるぜ！」

わいわいと盛りあがるクラスメートたち。教室内がざわついた。

そっぽを向く俺を見つめて、照橋さんがにこりと微笑《ほほえ》む。

「みんなの笑顔を取り戻せるのは、やっぱり海藤君だけだね」

「チッ、しかたねーな……今回だけ**おっふ**だからな？」

ああ、そうか。俺は今の生活を気に入っているんだ。クラスのやつらと馬鹿やって笑いあえるこの生活がたまらなく好きなんだ。

穏やかな時間よ、どうかこのまま……。

突如《とつじょ》、教室にテロリストが現れた。

「伏《ふ》せろォ！」

俺は叫んだ。いや、気がついたら叫んでいた。教室内がざわついた。

「ヒャーッハッハー皆殺しだァァァッ！」

銃声《ダダダダダダダダダダダダダダ》銃声銃声銃声！　銃が乱射され悲鳴があがる。ガラスが割れる。しかしクラスメートは全員、俺がいち早く殺気を感知し声をあげたため助かった。ざわつく教室内に、ドカドカと武装したテロリスト集団が踏みこんでくる。

怯《おび》える照橋さんや斉木を庇《かば》うようにしながら、俺は声をあげた。

「なんだ貴様らは⁉　一体なぜ学校を襲《おそ》う⁉　なんの意味があるんだ⁉」

「ウヘヘヘェ意味なんて無《ね》えさ。俺たちはたまらなく人殺しってやつが好きなのさ！」

「くっ……なんてやつらだ……」

「オラァ、虫けらのように這《は》いつくばりな！」

テロリストが、近くにいた燃堂《ねんどう》を銃のなんか持つところでガッと殴《なぐ》り痛めつける。燃堂が悲鳴をあげた。

「おっ！　おっ！　おっ！」

「燃堂ッ！　やめろ貴様ら！　やめろやめろやめろぉ！」

たまらず叫ぶも、テロリストたちはよってたかって燃堂を攻撃する。頭を抱《かか》えてうずくまる燃堂の「おっ！」といううめき声だけが恐怖に支配された教室に響《ひび》き渡《わた》った。

くそっ、俺が今出て行って、やつらを倒すことは正直簡単だ。だがしかし、そうすれば俺が異能のチカラを持つ者だとクラスの皆に知られてしまうことだろう……。ここはこの世界の警察に任《まか》せた方がいい……。

「イーヒッヒィー楽しいなあ『暴力』ってやつはよ～。へへへっ、言っておくが警察の助けを期待しても無駄《むだ》だぜぇ？　なぜなら警察内部にも我ら『ダークリユニオン』の手の者がいるからなあ。ハーハッハァ、絶望するがいい、愚《おろ》かな人間どもよ！」

教室内がざわついた。皆が圧倒的な暴力に怯え、絶望してしまう。

クックックッ、笑えてくるぜ。どこの世界でも神ってやつはいつだって非情だな……。

「貴様ら……組織の者か……」

ゆらりと俺は立ち上がった。誰もが絶望する中、俺はひとり嗤《わら》っていた。

「な、なんだこのガキはッ⁉」

俺のオーラに圧倒されて、テロリストが後退《あとずさ》る。

そうだな。悩んでいるヒマなんてなかったな。燃堂《なかま》に手を出されて、黙っているわけにはいかない……！

「くそっ、撃《う》てッ！　撃てェェェッ！　やつを殺すんだッ！」

テロリストたちが、一斉《いっせい》に発砲する。

「フン……残像だ……！」

しかし通常の銃器でこの俺を倒すことは不可能だった。俺は一瞬でテロリストたちの背後に移動し、かつて習得した今ではもう俺にしか使えない特殊格闘術『EIWAZ《エイワズ》』を駆使し、次々とテロリストたちを倒していく。

「組織の者である以上、容赦《ようしゃ》しない！」

轟《ごう》っと俺の右手に炎が宿る。漆黒の炎が大気を焦《こ》がす。

「き、貴様、まさか『漆黒の翼』……!?　生きていたのか!?」

テロリストのリーダーが俺の正体に気づき腰を抜かす。

教室内がざわついた。

「なんだって、海藤があの『漆黒の翼』なのか!?」

「海藤君……その炎は一体……？」

照橋さんが俺を見上げる。

「フッ、驚くのも無理はない。君は**おっふ**チカラを持たぬ一般人だからな」

すまない照橋さん。すまない斉木。すまないみんな。俺はただの高校生ではなかったんだ。みんなとは違う存在——特殊能力を持った選ばれし者だったんだ。しょせん俺はみんなとは違う世界の住人でしかないんだ……。

もうここにはいられない……。

テロリストのリーダーを、なんか渦《うず》を巻いた炎で燃やしながら俺がうつむいていると、

「ありがとう海藤！　ありがとう！」

クラスのみんなが駆け寄ってきた。

「み、みんな、特殊なチカラを持つ、人とは違うこの俺を受けいれてくれるというのか？」

「当たり前だろ！　オレたちは友達だろ！」

「お前ら……」

教室に平和が戻ったかに思えた。だが——

「ククク……教員免許を取得しこの高校に赴任《ふにん》してきた甲斐《かい》があった……」

教卓の下に隠れていた教師が、ぬうっとその姿を現す。

「騒ぎを起こせば、必ず姿を現すと思っていたぞ……『漆黒の翼』！」

「そんな……まさか貴様、組織の者だったのか⁉」

教室内がざわついた。教師がニヤリと口もとを歪《ゆが》めた。

「ククク……海藤、貴様があの『漆黒の翼』だったとはな……」

「みんなっ、下がっていろ！　俺が必ず護《まも》ってやる！」

俺はクラスメートたちを下がらせ、教師と対峙《たいじ》した。

「海藤、いや『漆黒の翼』よ。貴様の首を手土産《てみやげ》にすれば、組織もこの私を幹部として迎えてくれることだろう……。幹部──おそらくは教員よりも給料がいい……そういうわけで、貴様はここで死ぬのだ！　フハハ見るがいいこの私のチカラを──」

──強制的な矯正《バイオレンス・クラスルーム》
ぐにゃりと空間が歪む。クラスメートたちから悲鳴があがった。教室内がざわついた。

「こ、これは……！　常人には不可能なことを可能にする現在の科学では説明できない力──貴様、組織の『トリッカー』か！」

机と椅子《いす》が宙に浮き、床と天井──すべてが歪んでいく。教室内がざわついた。

「フハハハハァ！　そう、私は組織の『トリッカー』だ！」

空間を歪め高笑いをする教師だったが、しかし俺はまったく動じていなかった。

「フンッ……空間掌握《しょうあく》系の能力……。第C級ソルジャーといったところか……」

つぶやいて、俺はニヤリと笑《え》みを浮かべる。

「ハーハッハー恐怖で動けまい！　この私の『強制的な矯正《バイオレンス・クラスルーム》』は、空間を歪め教室内をざわつかせる最強の能力！　『漆黒の翼』など、恐るるに足《た》らんわァ！」

「知ってるか？　俺がなぜ『漆黒の翼』と呼ばれているのか……その意味を？」

「知るかそんなもの！　死ねぇぇぇい！」

教師が手刀《しゅとう》で俺を襲う。教室内がざわついた。このままでは皆の命が危ない……！

俺はすべてを解き放った。

「うおおおっ！　俺の右腕に宿りし闇《やみ》のフォースよ、目覚めよ、そして荒ぶれ！」

俺は右腕に封印された魔人、ドラゴン、堕天使《だてんし》ルシフェル、その他諸々《もろもろ》を解き放つ。

ラグズ……！　ラグズ……！　ラグズ……！

「俺の右腕のチカラを見せてやる……！」

封印されし『パナライズ』がまばゆいばかりに光り輝く。

エイワズ！　エイワズ！　エイワズ！

「燃えあがれ、俺の右腕!!」
エ　イ　ワ　ズ
右腕の包帯が自動でほどけて、発火する。炎はみるみるうちに大きくなり、教室内がざわついた。皆を護るため、今見せよう、これが俺の真の姿だ！

――俺の火炎は、死ぬまで貴様に襲いかかる……！

「うわあああっ、あっつぃいいいいわあああ!?」

「どうだー!?　俺の右腕のチカラはー!?」

俺の右腕から迸《ほとばし》った漆黒の火炎が、黒い火の粉を撒《ま》き散《ち》らしながら、大きな翼のように広がっていた。邪悪《じゃあく》を焼《や》き尽《つ》くすためには、すべてを塗《ぬ》りつぶす闇よりも深き黒の炎が必要だった。この炎は、俺が背負《せお》う宿命という名の翼だ。

その様子を見ていたクラスメートが息を呑《の》んだ。

「こ、これが『漆黒の翼』……まるで片翼《かたよく》の堕天使だ……」

「堕天使？　いいえ、彼は救世主よ……。だって、白い翼では悪に染《そ》まってしまう……。私たちを護るために、たったひとりで闇よりも黒き翼を背負って『ダークリユニオン』と戦う救世主――それが『漆黒の翼』……ううん、海藤君なのよ！」

照橋さんがちょうどいい具合のフォローを入れる。

「ぐ、ぐぅぅ！　これが『漆黒の翼』！　まさか、これほどまでに強大なチカラの持ち主だったとは……！　あっついぐわああああっ！」

燃えながら、しかし教師は邪悪な笑みを浮かべた。

「ククク……もはや組織は貴様の存在に気づいている……。私を倒したところで、貴様にはもう二度と平穏《へいおん》な日々は訪れないだろう……」

教室内がざわついた。

「くっ、あつい……フフフ、貴様にひとついいことを教えてやろう……。私は組織の『トリッカー』の中では最弱《サイじゃく》！　組織には貴様をしのぐ最強の使い手たちがけっこういる！」

「な、なんだって⁉」

「そんな……！」

教室内がざわついいた。照橋さんが口もとを押さえ不安げな表情を浮かべる。しかし俺は無言のまま燃やし続ける。

「グッハァ、あつい……ハハハ、私がいなくなったところで、第二、第三の刺客《しかく》たちが着々と教員免許を取得してこの学校に赴任してくることだろう……。貴様たちの心が安まるときなど、せいぜい休み時間くらいだ。楽しむがいい……わずかな休み時間をな！」

ボシュウウウ……と教師が消し飛ぶ。『漆黒の翼』モードになった俺は、相手を存在ごと焼き消すことができた。過去現在未来、そしてあらゆる世界線において対象の存在を燃やし尽くす――それが俺の持つチカラだった。

かつて恐れられたこのチカラで、俺は必ずクラスメートを護ってみせる。この世界と、この穏やかな日常を護ってみせる。このチカラを平和のために使ってみせる。炎を解除し、再び包帯で封印された右手を見つめながら、俺は組織と戦っていくことを決意した。

「『ダークリユニオン』……お前たちの好きにはさせない！」

……さて、まずはひとこと言わせてほしい。

――海藤、自重《じちょう》しろ。

やれやれ……読者が混乱しないように一応名乗っておくか。僕の名前は斉木楠雄《くすお》。超能力者だ。いや、『漆黒の翼』の仲間ではない。ホンモノの超能力者だ。

超能力者である僕には、テレパシーで周囲にいる人たちの心の声が強制的に聞こえてきてしまう。しかし慣《な》れとは恐ろしいもので、生まれたときからこの状態だった僕にとってはこれがふつう。皆も雑踏の中を歩いていればわかるだろうが、自分と関係のある声以外は雑音として聞き流しているだろう。脳内に直接届く声だって似たようなもの。僕も普段は聞き流している。表の声と裏の声、あわせて他の人よりも二倍ほどうるさい場所にいるだけと考えればどうということはない。慣れとは本当に恐ろしいものだ。しかし気にしてばかりいたら生きていけないのもまた事実。『慣れ』様々《さまざま》だ。

そんな僕だが、それでもやはりつらいことは多々ある。

平然と嘘《うそ》をついている人や心の中で暴言を吐《は》いている人を見ると今でも嫌《いや》な気持ちになる。どうやらこういったことには慣れないらしい。それが僕に関係あることであろうとなかろうと、やはり負の感情を直接聞いてしまうのはつらいものだ。

それともうひとつ。意外に思うかもしれないが、皆が静かにしている場所というのも案外つらい。シーンとしている場所で突然携帯電話を鳴らして話し始めるやつがいたら目立つし気になるだろう？　全体的にはシーンとしている空間だが、そいつひとりが話しているせいでうるさいと思わないか？　心の声も同じだ。ガヤガヤしているときよりも、静かな空間でひとりだけうるさい状況というのはやはり気になるものだ。

学校では、主に授業中がそうだ。授業中、教室は基本的に静かになる。実際に話をしているのは先生のみ。だからこそ余計に、心の声が耳につくようになる。

別に授業が終わったらダッシュでジュースを買いに行こうだとか、トイレに行きたいけど我慢しようだとか、時計を見ながら秒数をカウントするレベルの声ならばよくあることとして僕も聞き流すのだが、このクラスでは事情が違う。

そう。もうすでにピンときている人もいるだろう。今まで読んでもらったのは、授業を受けている海藤の心の声——つまりは妄想《もうそう》だ。

読みづらかったって？　すまない。だが僕も聞いていてつらかった。それに、おそらく君は初めて——まだ一度目だろう？　僕は海藤の妄想をそれこそ毎日、毎時間毎時間授業のたびに聞かされている。すべて同じ内容でだ。

変わることといったら、今回は教室にいるバージョンだったが、たまに『授業をサボって屋上で昼寝↓教室にダークリユニオン襲来《しゅうらい》』の流れになることくらいだ。

まったく、毎回毎回同じような話を聞かされる方の身にもなってほしい。せめて毎回違った展開になってくれれば……。そしてご都合主義をなくしてきちんとした物語になってくれていればまだ救いはあるのだが……。

細部の作りこみなどの詰《つ》めの甘さ、リアリティーの欠如《けつじょ》、描写の少なさ、ところどころに見られる矛盾《むじゅん》点、そしてありえない展開――いい加減にしてもらいたい。

たとえば、なんで教師は数学者ですら解けない問題とその答えを知っていたのかとか、ヒロインとして照橋さんが登場しているが妄想の中ですら『おふる』ところとか、一体どうなっているのか。

他にも、『強制的な矯正《バイオレンス・クラスルーム》』がただ空間を歪めているとしか言っていないから正直なんの能力か全然意味不明だし、というかこいつなぜか手刀で攻撃してきたし、最強の能力と言ったり組織ではΨ弱《サイじゃく》とか言ったりしてよくわからないし、ほんとにもういい加減にしてもらいたい。僕は編集者か。

それと海藤、教室内がざわつきすぎだ。いい加減にしてもらいたい。

しかし、困ったものだ……。毎日毎日授業のたびにこれを聞かされていては、精神衛生上よろしくない。妄想するだけで僕の心身を害そうとは、海藤……燃堂とは別の意味で恐ろしいやつだ。

——どうしたものかな。

海藤が右腕のチカラを解き放ったあたり（また同じ妄想だ）を聞きながら、僕はぼんやりと授業を聞いていた。高橋が、教科書で隠しながらマンガを読んでいる様子が視界に映る。何気《なにげ》なくその様子を眺めていると、脳内にあるアイデアが浮かんできた。

——なるほど、マンガか……。これはいいことを思いついた。


チャイムが鳴り、放課後。そそくさと帰り支度《じたく》を整《ととの》えた海藤が、

「すまんな斉木。『仕事』の時間だ……！」

そんなことを言って、颯爽《さっそう》と教室を飛び出していく。

「なんだあいつ？　バイトでもしてんのか？」

燃堂が訝《いぶか》しげな声をあげるも、話はすぐにラーメンのことに変わる。

「そんじゃあ相棒、今日はふたりでラーメン行くか！　相棒？　どこだ？　おお？」

あたりをキョロキョロと見回しながら、「どこだ相棒？　ここか？」と机の下や掃除用具入れの中を捜《さが》しはじめた燃堂を尻目《しりめ》に、僕は今、気配を消して海藤のあとを追っていた。

海藤は今、駅前の本屋に向かっていた。なぜならば——

（なぜだ……？　今日はどうしても本屋に行かねばならないような気がする……！　まるで誰かが俺を導《みちび》いているかのようだ……これは一体……？）

前を行く海藤がそんなことを考えているのをテレパシーで聞きながら、スタスタと歩いていく。テレパシーを応用して、僕は海藤に『本屋』『書店』『チカラが欲しいか？』などの単語をささやいていた。いわゆるサブリミナルってやつだ。以前、どう見ても高橋とは別人のサイフ泥棒に使ったエンジェル・ウィスパーと似たようなもので、これを使えば相手に暗示を与えることができる。

本屋へと入っていく海藤に、今度はおすすめの作品名を脳内でささやく。サブリミナルを発動させる。すると海藤が、平積《ひらづ》みされているその本を見つけて手に取った。

（な、なんだこの作品は……偶然見つけたが、なんておもしろそうなんだ……！　これは運命の出会いかもしれない……買っていこう……！）

ビニールでパックされた同じ本を何冊か手に取り、汚れなどがないことを慎重《しんちょう》に確認しながら、海藤が一冊を選び出す。残りをまた丁寧《ていねい》に戻してきちんと平積みの山を整えると、海藤は満足そうな顔をしながら他の棚《たな》に向かった。

サブリミナルとはあくまでも無意識下への働きかけ。それゆえ、ともすれば本人はささやかれていることにすら気がつかずに、偶然と思ってしまう。

僕は次々と海藤の脳内におすすめのマンガをささやき続ける。海藤が、次々とマンガを手に取っていく。

（なんてことだ……今日はおもしろそうな作品ばかりが目に入る！　神だ……マンガの神が俺に買えとささやいている……！）

残念ながら、ささやいているのは手塚《てづか》先生ではなく斉木なのだが、そのマンガのおもしろさは僕が保証しよう。それを読んで話作りを学ぶといい。

僕が考えるに、海藤に足りないのは、やはり表現力だろう。同じような作品ばかりでなく、もっともっといろいろな作品を読んで、幅広い表現というやつを身につけてもらわなければならない。

幸《さいわ》い、海藤はすぐに読んだマンガから影響を受ける人間。いや、実生活においては幸いかどうかはさておき、とにかく効果はすぐにでも出ることだろう……。

自動ドアが開いて、会計を済《す》ませた海藤が本屋から出てくる。僕は近くの路地に身を潜《ひそ》めながら海藤の様子を窺《うかが》う。

（今日はなんてイイ日だ！　さっそく帰って読むとしよう！）

紙袋いっぱいにマンガを買い、ニヤニヤとしながら店をあとにする海藤。

（このマンガ、おもしろかったら斉木にも教えてやらねばな……フフッ……）

そんなことを考えながら帰路につく海藤を見送る。

やれやれ……これで明日から妄想も少しはマシになることだろう。

——次回作を期待しているぞ、海藤。


『闇』が世界を覆《おお》い尽《つ》くそうとしていた……。強烈な違和感。それはさながら、翼を無くした天使たちの足音のようであった。世界線を越えて、視《み》えない何かが跋扈《ばっこ》する。顔のない人形。レゾンデートルの向こう側へ、黒き風が吹き荒れる。宵闇《よいやみ》の境界線。アカシックレコードに刻《きざ》まれし因果《いんが》。偽《いつわ》りの世界。決めるのは刹那《せつな》。支配したがる鎖《くさり》。折りたためない携帯電話。突然の夕立。止まらない侵蝕《しんしょく》。動かなくなったオルゴール。忍《しの》び寄《よ》る悪魔の手。豆腐。間違っているのは誰？　ならば名乗ろう……我が名は『漆黒の翼』……。


——すまない海藤。うん……なんというか……想像していたのと違うんだが……。

どうすれば……。なんてことだ……むしろ悪化するとは……。

翌日の授業中、僕はより酷《ひど》くなった海藤の妄想に苛《さいな》まれていた。

誤算だった。昨日《きのう》買ったマンガから、僕が想像していたものよりもだいぶ斜め上の影響を受けてしまったようだ。まさかこんなことになるなんて……正直もう手がつけられないレベルだ。なんでひと晩でこんなになってしまったのだろう……。僕の脳内に『錆《さ》びたナイフ』だとか『立ちすくむ影』だとか『本当は君も気づいているのだろう?』などといった言葉が次々と流れこんでくる。なんでこんなに絶好調なのか。

強制的《バイオレンス》に流れこんでくる海藤の妄想に僕は辟易《へきえき》した。

確かに僕は、表現力を鍛《きた》えてほしいと思って台詞《せりふ》まわしや表現に特徴のある作品を薦《すす》めたわけだが、表現力というのは、ただ難しい言葉や雰囲気だけの言葉を並べればいいってものではないんだ。わかりやすく読みやすく簡潔にビシッと表現するのもひとつの腕前であって、ひとことで説明できることを、ダラダラとそれっぽい難解な言葉で書き散らすことが決してすごいこととは限らないんだ。それと海藤、豆腐がどうした?

海藤の妄想の中では、善なのか悪なのかよくわからない敵が出てきて、人間がいるから地球の環境がどうのこうのと説教がはじまっていた。もう限界だった。耐《た》えられない。海藤に足りないのは表現力ではなかった……。それ以前の問題——基礎力だった。物語をつくる基礎的な力が圧倒的に不足していたのだ。

明日《あした》も明後日《あさって》もこの調子ではこちらの精神が保《も》たない。なんとかしなくては。

——そのために必要なものは何か……。

僕は考える。そして、答えはすぐに見つかった。

海藤に基礎力をつけてもらうために何を薦めたらいいか。たとえば、高く評価されている子供向けの作品などがいいだろう。子供向けだからと馬鹿にしてはいけない。高く評価され長く読まれ続けている作品は、老若男女《ろうにゃくなんにょ》誰が読んでもおもしろいと感じるポイントが必ずある。子供向けのため子供ではわからないような表現は決して使っていないのに、大人《おとな》が読んでもその奥深さに魅了《みりょう》されるそんな作品もあるのだ。難しい言葉など使わなくとも名作はつくれる。真におもしろい作品とは――大人が読んでも子供が読んでも楽しいと思える作品だ。名作とされる子供向けの物語はその良い見本となってくれることだろう。

放課後。長々と妄想を聞かされ続け精神的に疲れきっていた僕だったが、再びテレパシーを応用して海藤にサブリミナルを仕掛ける。

（まただ……！　マンガの神が、俺を誘《いざな》っている……！）

ガタッと立ち上がった海藤が、そそくさと帰り支度を整えて教室を飛び出していく。

「すまんな斉木……『急用』だ！」

――明日こそは頼むぞ、海藤。

祈るような気持ちで、僕は海藤を見送った。

**ぼくは　やみのせんし　だ　じゃあくなるものを　めっする　せんし　だ**

きょうは　いい『てんき』だ
だが　そしきの　れんちゅうが　そこかしこに　ひそんでいる
みぎうでの　やみのちからを　くらわせてやる　やきつくせ
なぜならば　ぼくは　しっこくのつばさ　おまえたちの　すきには　させない

——すまない海藤。僕が悪かった。戻ってきてくれ。

子供向けって、そういうことではないんだ。

次の日の授業中、海藤の変化に僕は頭を抱えていた。海藤が、また僕が想像していたのとは違う方向へ行ってしまった。一体どうなっているのか。手がつけられない。

静かに溜息《ためいき》をつきながら、延々と脳内に流れこんでくる海藤の妄想にげんなりする。以前よりもバリエーションが増《ふ》えたのはいいが、そのどれもが聞くに堪《た》えない代物《しろもの》ばかり。これを毎日毎日やられたら、思わず僕が海藤を滅《ほろぼ》してしまいかねない。勘弁《かんべん》してくれ。

——というか、もう真面目《まじめ》に授業を聞いてくれ。頼むから。

テレパシーで『真面目に授業を受けろ』とサブリミナルを試みるも、これがなぜか効果がない。ささやきは、あくまでもささやきである。マンガは本人がもともと好きだから、ちょっとしたきっかけですぐに財布のマジックテープも緩《ゆる》むのだろうが、本人が興味のないことをいくらささやいてもおそらくあまり効果がないのだろう……。

困ったものだ。海藤、お前はもう高二。来年は受験生だぞ？　連載マンガの宿命として、この先僕たちに『進級』というイベントが発生するかどうかはさておいて、もう少し真面目に授業を受けるべきではないのか。

たとえば、灰呂《ハイロ》を見てみろ。逆光で顔はよく見えないが、びしっと背筋《せすじ》を伸ばし、しっかりと授業を受けているじゃないか。

僕の脳内に、灰呂の心の声が流れこんでくる。

（できるできる！　解けるッ！　解けるぞッ！　もっとだ！　もっと熱くなれ！　僕は絶対に解ける！　わかるッ！　わかるぞッ！　いいぞいいぞフォオオオ！　アァォーッ！）

自己暗示すごいな。

しかし、脳内はうるさくて暑苦しいが、ちゃんと授業は受けている。わけのわからない妄想ばかりしていないで、海藤にも少しは見習ってほしいものだ。

無論、こんなことを考えているのは僕だけで、傍《はた》から見れば、きっと海藤も灰呂と同じようにちゃんと授業を聞いているように見えることだろう。

しかし、サラサラとノートにペンを走らせながら、一見すると真面目に授業を聞いているように見える海藤の脳内が、まさかあんなことになっているとは、クラスメートも先生も気づかないだろう。

（昼はふつうの人……だが夜の俺は違う……）

やれやれ、新作がはじまったか。いつもとは違う感じだが、どうせまたろくでもない話になるに違いない。海藤、いい加減真面目に授業受けろ。

（普段は目立たない駄目《だめ》な男。しかしその正体は、理事長からの密命を受けて秘密裏《ひみつり》に事件を解決するワイルドかつダンディーなナイスガイ！　その名もハードボイルド教師！）

――先生《おまえ》だったのか。真面目に授業しろ。

まったく、授業している方もこれではどうしようもないな。

こうして改めて周囲の心の声に集中してみると、海藤だけでなく意外とみんなろくなことを考えていないというのがよくわかる。

高橋が尿意《にょうい》に耐えながら心の中で必死に、

（ぐっ、げ、限界だ……！　尿意テレポートしろ……！　頼む……燃堂に移れ……！）

などと言っているのが聞こえてくる。こういうのは定番だな。ありきたりな心の声だ。

こういうのばかりなら、僕としてもまだ気にならないのだが……。

――皮肉なものだ。心の声が聞こえない燃堂が、僕にとっては一番静かなのだから。

ちらりと燃堂の様子を窺《うかが》う。

「んあぁ……！　オレ様は……まだ食えるぜ……？　うぅん……」

――寝てたか。

そしてさりげなく定番の寝言『もう食べられないよ……』を超越したな。

すると先生が、居眠りをしている燃堂に向かって怒声《どせい》とともにチョークを投げつけた。

「コラァー、燃堂！　ちゃんと聞け！」

チョークは見事燃堂の頭にヒットするが、燃堂はピクリとも動かない。代わりに「これラーメンじゃねーだろうが……」とよくわからない寝言を呟いた。

その燃堂のひとことに、一瞬にして教室が爆笑に包まれた。しかし、周《まわ》りで皆が笑っていても、燃堂は未《いま》だ微動だにしない。一体どれだけ爆睡しているのか。

「ほらほら、お前ら静かにしろ！　ったく……」

先生が、手を叩きながら燃堂のもとへ向かっていく。チョークによる遠距離攻撃ではダメだったので、直接起こしに行くのだ。静かになったクラスメートたちが、まだ眠りこけている燃堂に注目する。

すると――

燃堂がビクッと痙攣《けいれん》を起こし、ガタン！　と大きな音を立てながら机を揺らしたかと思ったら、がばっと勢いよく顔を上げた。

「お？　お……？」

ヨダレを拭《ぬぐ》いながら、キョロキョロとあたりを見まわす。そして――

「夢か……」

そんなことを呟いた。教室が再び爆笑に包まれた。

「燃堂ッ！　授業中に寝るんじゃない！」

先生が怒鳴《どな》りつけるも、燃堂はぽかんとしたまま「お？」と首を傾《かし》げた。

「ぐぎぎ……き、貴様ッ！　毎回毎回私の授業で寝ているなッ!?　なめくさりおって！

もう許せん！　課題を倍にしてやる！　覚悟しておけ！」

肩を怒《いか》らせながら教卓へと戻っていく先生の背中を見ながら、燃堂が呟く。

「課題？　一体誰なんだあのオッサンは……？　転校生か？」

――先生だろ。

まだ寝ぼけているのか通常の状態なのか僕には判別がつかないが、おそらくは後者だ。

黒板の前に立った先生が、ざわついているクラスメートを前にして眉《まゆ》をひそめた。

「授業再開するぞ。ほらそこ静かにしろ！　まったく……燃堂め、いつもいつも騒ぎを起こして……どうしようもないやつだな……」

ぶつぶつと文句を言う先生であったが、僕からすれば授業中の教室内で一番静かなのは燃堂なんだがな……。

　そんなことを考えていると、燃堂と違って、授業中にやたらと脳内がうるさい男の声が聞こえてきた。

（くっ……俺が求めているのは、こんなストーリーではない……。何かないのか……？　もっと何かないのか……？　胸躍《おど》る何かが足りない……。頼む！　マンガの神よ、今一度俺にささやいてくれ！　この俺、『漆黒の翼』に相応《ふさわ》しい物語を……！　頼む……！）

　——聞こえていないのか？　さっきから真面目に授業聞けとささやいているんだが？

　海藤……燃堂の件でクラスメートたちがわいわいと騒いでいる間も、ひとり目を閉じてじっと黙りこんでいる。ひとり静かに考え事をしている。一見すると真面目に授業を受けているこの男の脳内が、こんなどうでもいいことばかりで構成されているとは、さすがの手塚先生も思うまい。

（頼む、マンガの神よ！　今一度！　今一度だけ、俺にチカラを……！）

　やれやれ、うるさいな。そうだな、マンガの神（仮）の意見で恐縮だが、ド直球で王道的なストーリーで、もっとふつうに、読みやすく！　やるならそんな作品だな。真面目に授業を受ける気がないのなら、せめてそんな話にしてくれ……。

　僕は今一度海藤にサブリミナルを仕掛けた。

するとすぐに――

（むっ……!? き、来たぞっ！ 降臨《こうりん》した……マンガの神が……！）

僕の脳内に、再び海藤の妄想が流れこんできた。

俺の名は『漆黒の翼』……。かつては秘密結社ダークリユニオンの第A級ソルジャーとして暗躍していた男だ。しかしダークリユニオンの真の狙い『人類選別計画』を知ってしまった俺は計画に必要な石『パナライズ』を盗み出し別の世界線へ逃亡、やって来たこの世界で俺は海藤瞬という偽りの名を名乗り、平凡な高校生を演じることになった。

だが、すでにこの世界にもダークリユニオンの魔の手が伸びていた……！

ダークリユニオン……あらゆる世界を自分たちの都合のいいように改変して新世界を創造するつもりだろうが、そうはさせない。

――この俺、『漆黒の翼』がいる限り、お前たちの好きにはさせない……！

海藤の妄想に、僕は目を輝かせていた。

そうだ海藤、これだ！ これぞ王道だ！ やればできるじゃないか！ これこそ僕が求めていた作品だ！　やはりつけ焼《や》き刃《ば》で身につけた小手先のテクニックに頼るよりも、こうしてド直球で王道を貫《つらぬ》いた方がおもしろい！　ってこれ最初のやつじゃないか。

——ああ、一周したか……。

皮肉なものだ。また毎日、右腕の封印が解かれエイワズするこのストーリーを延々と脳内で聞かされ続けることになるのか……。海藤のうるささには、本当にいつまでたっても慣れないな……。勘弁してくれ……。

僕は流れこんでくる海藤の妄想を振り払うかのように、やれやれと首を振った。

「おい燃堂ッ！　何度言ったらわかるんだ！　真面目に授業を聞け！」

あくびをしながら大きく伸びをしていた燃堂に、先生の怒号《どごう》が飛んだ。

でも怒られるのは、いつも一番静かにしていた燃堂《おまえ》だけなんだよな……。

——まったく、本当に皮肉なものだ。

## オッドアイ・ペルソナ・ケルベロス　第32戒

「ウオオオオ‼　いくぜェェェ――‼」

ラスタライズ‼

まばゆい光が俺を包みこむ。今、覚醒《かくせい》の時――『夢幻《むげん》マスク』という名の枷《かせ》によって封印されていた左目が、その真のチカラを闇夜《やみよ》に解《と》き放《はな》った。

「な、なんだこの光は⁉　ぐわあああああ！」

『断罪《だんざい》の黒騎士《くろきし》バイオレンスファーザー』の『鮮血の鎧《よろい》』が『ラスタライズ』される。

『鎮魂歌《レクイエム》』によって『魔神強化』された俺は苦痛に顔を歪《ゆが》めながら、かりそめの世界に膝《ひざ》をついた。連戦による傷が、まだ癒《い》えていない。

『タナフィ』と呼ばれる『レーザーコア』の『初代組《ファーストメンバー》』である俺を、ここまで追《お》い詰《つ》めるとは……。このスワロフ＝スミス＝スカイウォーカーをここまで疲弊《ひへい》させるとは……。

——クックック……たいしたやつだ……。

自嘲《じちよう》するも、『虚無《きよむ》システム』によりすでに肉体は限界を超《こ》えていた。しかし『終焉《しゆうえん》の扉』は開かれてしまっている。俺は『運命の歯車』を睨《にら》みつけながら、あまりにも理不尽《りふじん》で冷酷な『紅《あか》き贖罪《しよくざい》の誓《ちか》い』を呪《のろ》っていた。

——だが、それが運命《さだめ》というのならば……！

かっと目を見開く。覚悟はすでに、できていた。

発動した『銀の月』を制御しつつ、『破滅の光メガ』の放出を食い止めてみせる……！

——『闇《やみ》のバモス』よ、『全能神ホルモン』よ、俺に力を……！

かつての敵であり、そして戦いの果てに友となった者の名を思い出す。あのふたりはもういない。この世界からすでに『ラスタライズ』されてしまった……。

「人は皆……仮面をつけて生きている……」

ぽつりと、『鮮血の鎧』を失った『断罪の黒騎士バイオレンスファーザー』が口を開いた。『電子ロスタイム』の申告漏《しんこくも》れがあったにもかかわらず、意識を保《たも》っているとは……！

驚きのあまり、俺は持っていた『クロノ・ポンズ』を『幻想イッキ』してしまう。

「カハッ……！　強くなったなぁ……息子《マイサン》よ……」

刹那《せつな》。世界から『モラトリアム』が消えた。

嘘《うそ》だ。

だが、声が出ない。

嘘だ。嘘だ。嘘だ。嘘だ。嘘嘘嘘嘘嘘麻生《あそう》麻生麻生麻生。麻生。麻生！

「真実《トゥルー》だ」

「嘘だあああああっ!!」

——ホントウ、ダ。

もうひとりの俺、『シャドウ＝スミス＝スカイウォーカー』がそう囁《ささや》いた。

消えてろ、『道化師』め！

俺は『UG法』を使い魂《たましい》の記憶を一段階『ラスタライズ』させる。

親父《おやじ》は死んだはず……。『アルティメット機関』の『邪神《じゃしん》アミーゴ』に『カリパーク』されて『ジャイアニズムトーキョー』の暴威《ぼうい》に耐《た》えかねて絶命したはず……。

だが、もしやつの言っていることが本当だったとするならば、あの時『冥王《めいおう》パヴロフ』や『混沌《こんとん》なるものビート・バーン』を『ラスタライズ』してしまった俺は……己《おのれ》の正義を信じて『ラスタライズ』した俺は、一体どうすればいい……？

突然の『ラスタライズ』に頭が『ラスタライズ』してくるが、しかし『ラスタライズ』が足《た》りない。あまりにも『ラスタライズ』な問題に、俺は『ラスタライズ』した。

スワロフが絶望のあまり『ラスタライズ』してしまいそうになったその瞬間――

圧倒的な『ゲーラ』を身に纏《まと》い、黒き風が世界線を突き抜けた。

「だ、誰だ……誰なんだ一体……!?」

スワロフが、呆気《あっけ》にとられた表情で俺を見上げていた。

俺はニヤリと口もとを歪め答える。

「俺の名は『漆黒《しっこく》の翼《つばさ》』……スワロフ、俺が来たからにはもう大丈夫だ!」

ふたつの『黒』が交《まじ》わりし刻《とき》――新《あら》たなる物語が生まれる……。


――やれやれ……。海藤《かいどう》、ついに既存の作品に自分をモデルにしたオリジナルキャラを登場させはじめたか。だが最後の方は視点もめちゃくちゃだし、そもそもこのマンガ、専門用語が多すぎて何が何だかさっぱりだし、全体的に何をしているのかさえもさっぱりだし、聞いていて今まで以上につらいんだが……。

というか、このマンガまだ打ち切りになっていないで32話も連載できていたんだな。というか、それ以前によく連載できたなこれ。ジャンプ大丈夫か?

ああ、それにしても今日からこの妄想《もうそう》を毎時間授業のたびに聞かされるのか……。

——まったく、『勘弁《ラスタライズ》』してくれ……。
おっと、妄想に引っ張られたか。

# 第5χ《カイ》

## 回避せよ！Ψ《サイ》悪の結末

僕の名前は斉木《さいき》楠雄《くすお》。超能力者だ。

そろそろ毎話毎話自己紹介と超能力者アピールがうざいと思われる方もいるだろうが、どうか許してほしい。これをやらないと様《さま》にならないんだ。絵がないからな。

さて、これも以前から言っているように、超能力を使えば基本的にはどんなことでもできてしまう。僕は限りなく全知全能に近い力を持っていた。

たとえば――車に轢《ひ》かれそうになっても簡単に避《よ》けることができるし、ウイルスは体内に侵入される前に消し飛ばすことができるし、万が一隕石《いんせき》が落ちてきても素手《すで》で受け止めて投げ返すことだってできるし、億が一集英社の編集者が週刊少年ジャンプを振りかざして背後から突然襲《おそ》いかかってきたとしても、僕は残像とともに一瞬でその編集者の背後を取り華麗《かれい》に秘技『トン』を繰《く》り出《だ》して倒すことだってできる。

が、しかし――

実はその逆ができない。いや、当たり前だがあえてやらないと言うべきか。つまり僕は基本的にケガをしたり病気になったりすることがない。予知やサイコキネシスがあれば、あらゆる事態に対応することができてしまうからだ。

つまるところ、僕は超がつくほど健康というわけで、それはとてもありがたい話なのだが、それゆえひとつ悩んでいることがある。

――このままいくと、めんどうなことになってしまう……。

朝。自室でじっとカレンダーを見つめながら、僕は悩んでいた。

――そろそろ一日、『欠席』を入れておきたい。

そんなことを考える。

学校で目立ちたくない僕にとって、遅刻や早退はできるだけ避けたいもの。悪目立ちしてしまうのはごめんだからだ。だがしかし、そのまま無遅刻無欠席でいってしまうのにもまた問題がある。

それはなぜか？　そう、皆勤賞《かいきんしょう》だ。

無遅刻・無欠席・無早退の生徒に与えられる賞――それが皆勤賞だ。このへんは地域や学校によってそれぞれ少し定義が違っているところもあると思うが、我《わ》がＰＫ《ピーケー》学園は一度の遅刻すらも許さないという厳しい皆勤ルールを設《もう》けていた。

なので皆勤賞ともなれば、きっとクラスに多くても数人だろう。その数人に選ばれるのだけは避けたい。いや、数人もいないかもしれない。ひとりいるかいないか、ということになるだろう。それに、皆勤賞は全校生徒の前で表彰される。体育館で僕が校長に呼ばれて大きな声で返事をして壇上に上がっていく姿が皆に想像できるだろうか？　無理だろう。僕にだってできやしないのだから。さらにさらに、我がＰＫ学園では親も一緒に表彰されるという素敵なオプションセットまでご用意されていた。勘弁《かんべん》してほしい。

　僕の目標は可もなく不可もなく、だ。

　五人で走る徒競走なら三位。それが僕のポジション。一位は当然論外として、二位でもダメなのだ。人からちやほやされることはないが、馬鹿にされることもない。地味で目立たず、すべてがほどほどでちょうどいい。日常生活においても、不真面目《ふまじめ》な生徒として見られるのは困るが、反対に学年一真面目な生徒と言われるのもまた困る。

　これといってなんの特徴もない特に印象にも残らないクラスメートになるためには、大袈裟《おおげさ》かもしれないが、このまま出席し続け皆勤賞をもらうことはできれば避けたい。

　今までも、そうしてきた。小学校や中学校でも、僕はそうやって生きてきた。僕はそういった生き方を自《みずか》ら選んだのだ。

　視線をカレンダーから時間割表に移し、僕は考える。

　今日の時間割表を眺《なが》めながら、授業の進み具合を考える。課題等の提出はなし。小テストは実施《じっし》されない。日直や掃除当番でもない。

──よし、今日がちょうどいい日だろう。

可もなく不可もない僕が休むのであれば、こういった可もなく不可もない日に限る。

僕は今日一日だけ学校を休むことにした。


パイロキネシス──すなわち発火能力。念を送ることによって熱を発生させる能力で、これを使えば手から燃えあがる火炎を出現させ、いつでも『漆黒《しっこく》の翼《つばさ》』ごっこに興じることができるのだが、無論僕はそんなことには使わない。

僕はこの能力を使って、体温計の温度を上げ、風邪《かぜ》をひいて熱を出したかのように見せかけることができた。調整が難しかったが、なんとかちょうどいい温度で測定結果を出すことに成功した。いくらなんでも、さすがに皆勤賞になるのが嫌《いや》だから仮病《けびょう》で休むとは言えない。正直にそんなことを言ったら母さんがブチギレるだろう。

無事学校を休むこととなった僕は、ベッドに寝転がったまま見慣れた天井を見つめていた。学校では、すでに一時間目の授業がはじまっている頃合いだ。

仮病とはいえ、休んだ手前、家で大人《おとな》しく寝ていることにする。

──静かだ。外を歩くよりも、学校にいるときよりも。

ゆっくりと息を吐《は》いて、僕は目を閉じた。

こうして家にいると、学校にいるときとは違って心の声が減る。日々濁流《だくりゅう》のように僕の脳内に流れこんでくる心の声が、限りなく少なくなる。代わりに聞こえてくるのは、たまに家の前を通過する車の音くらいだ。テレパシーのオン・オフができない僕にとって、本当に身体《からだ》も心も休まる時間がゆるやかに流れていく。

（ぐあああぁ、うんこ踏んだァァァッ！）

――まあ、道行く人や近所に住む人の心の声などは、こうして聞こえるわけだが。

（ひぃぃぃ⁉　二個目踏んじまったァァァッ⁉　ちくしょう両足やられたッ！）

――こいつ……どんだけついていないんだ……。今日の運勢最悪だろ。

「ふざけんなよ飼い主！　フンの始末くらいちゃんとしろよ！　ああくそっ！」

外から苛立《いらだ》ちのこもった実際の声も聞こえてきた。やれやれ……うるさいな。寝転がりながら、ちらりと窓に視線を移すと、風でカーテンがゆらゆらと揺れていた。

――おっと、窓が開いていたか。

部屋の空気を入《い》れ換《か》えるために開けたまま、閉め忘れていた。

僕はベッドに寝たまま、念じるだけでぴしゃりと窓を閉めた。ついでに鍵《かぎ》もかける。超能力を使えば、こうして寝転がりながら窓を閉めたり電気を消したりすることもできる。

強制的に犬のフンの話を聞かされないのなら、超能力もまだマシなんだがな……。

そんなことを思いながら、僕はしだいにまどろんでいった……。

「熱くなれっ！　もっと熱くなれフォーッ！　燃えろ燃えろオッシャアァー！」

夢を見ていた。逆光で顔はよく見えないが、夢にはなぜか灰呂《ハイロ》が出てきた。仮病で休んだ罪悪感からだろうか、学級委員の灰呂がテニスラケットを振りまわしながら叫んでいるというよくわからない夢だった。


あまりの熱さと息苦しさに、うっすらと目を開ける。なぜだろうか、部屋全体が明るいような気がする……。いや違う。これは——

僕は、がばっと飛び起きた。あたり一面が、火の海になっていた。

本棚《ほんだな》は炎上し崩《くず》れ落《お》ち、床や壁紙もまた無惨《むざん》にも燃えていた。すでに僕が寝ているベッドにも火の手がまわってきている。火事だ。慌《あわ》てて部屋から出ようとするも、熱と煙で息ができない。前が見えない。這《は》うようにして進み、なんとかドアに辿《たど》り着《つ》く。しかしつかんだドアノブのあまりの熱さに息を呑《の》む。ドアノブが火で炙《あぶ》られていたのだろうか？　手のひらに、痛みなのか痒《かゆ》みなのかよくわからない感覚があった。火傷《やけど》したのだろうか？

これが火傷か？　生まれて初めての火傷に困惑《こんわく》しながらも、身体ごとドアにぶつかってなんとか廊下に飛び出す。廊下もまた、火の海だった。階段にも、その下にも、すでに火がまわっていた。

僕は口もとを押さえながら、煙を吸いこまないように可能な限り身を低くした。

――苦しい……。ひとまず、外に……！

体勢を整《ととの》えて、瞬間移動を使用する。が、しかし――

――力が使えない⁉

僕はまだ、廊下で炎と煙に囲《かこ》まれていた。

なぜだ？　なぜ突然こんなことに？　そういえば、外にいるであろう野次馬の声も聞こえない。誰の心の声も聞こえない。炎を消そうと手をかざしても、何も起こらない。透視を使っても、千里眼《せんりがん》を使っても、何も視《み》えない。燃えさかる炎の中で、僕はひとりきりだった。聞こえてくるはずの心の声は聞こえず、どれだけ念じても誰の顔も視えない。途端に、言いようのない孤独感に襲《おそ》われた。まるで、この世界に自分以外の人がいなくなってしまったかのようだ。炎に囲まれ、自分だけがぽつりと生きている。超能力なんてろくなものではないと思っていた。だが、こんな肝心《かんじん》なときに失うなんて……。

熱さで朦朧《もうろう》としながら、僕はそのまま廊下に倒れこんだ。

――僕は、ここで死ぬのか？

超能力を失って、このままここで死ぬのか？

いや違う。これも夢だ――

僕は、はっと目を覚ました。

がばっと起き上がり、部屋を見回す。無論、火事など起きてはいない。部屋には変わったところなどなにひとつとしてない。ぎっしりと本が詰《つ》まった見慣《みな》れた本棚、最新式の液晶テレビ、立派に育った観葉植物、立派に割れたケツアゴの燃堂力《ねんどうりき》、そして漆黒の翼こと海藤瞬《かいどうしゅん》……なぜここに⁉

「お？　起きたか相棒。聞いたぜ、風邪ひいたんだって？」

「斉木、大丈夫か？」

なぜか部屋にいるふたりと目があった。

――燃堂に海藤……いつの間に。一体どこから入ってきた？　換気口《かんきこう》か？　排水溝《こう》か？　それとも窓か？　窓なのか？　窓には確かに鍵をかけたはず……。

よほど不審《ふしん》な顔をしていたのだろう。僕の顔を見て、燃堂が疑問に答えた。

「見舞いに来たら、相棒の母ちゃんが喜んでよ。部屋に入れてくれたんだぜ」

――なんてことを。

「あとは俺たちに任《まか》せると言って買い物に行ったぞ」

——なんてことだ。

ということはつまり、今この家には僕とこいつらしかいないのか。おまけに僕は風邪で寝こんでいるという設定。最悪じゃないか。年末にマヤ暦《れき》がどうのこうので地球がやばかったときよりも最悪の状況じゃないか。

——くっ……。

突如《とつじょ》側頭部に走ったズキッとする痛みに、僕は思わず顔をしかめた。

「寝てなくて平気か？」

海藤の声に頷《うなず》いて、僕は先ほどみた夢を思い出していた。

——頭が痛い。予知夢か……。

あれはただの夢ではない。

夢をみたとき、そして頭痛がするとき、僕は未来を断片的に視ることができた。もちろんこの予知能力にも、他の能力と同じように欠点がある。テレパシーのオン・オフができないのと似ていて、この能力は使おうと思って使えるものではない。そして知りたい未来を狙《ねら》って視ることができるわけでもない。予知は、ある日突然ランダムにこれから起きる出来事を視せてくれるだけの能力だった。たいていはどうでもいいことばかりが予知され

るのだが、今回はどうも相当まずい状況になりそうだ……。

超能力が使えなくなるという予知ではない。夢の中ではいつもああなのだ。あれがもし現実になってしまったら、来週発売のジャンプから『無能力者　斉木楠雄の災難』を連載するはめになってしまう。ちなみに『Ψ難《サイなん》』ではない。『災難』だ。ミステリアスバカと中二病患者に僕がただただ翻弄《ほんろう》されるだけという救いようのない話が、これから先、毎週毎週ジャンプに掲載されるのだ。なんて恐ろしい話だろうか。おそらくジャンルはサイコホラーになるに違いない。

そうではなくて、問題は、夢の中でみた灰呂のことでもなく、うちが火事になるということだ。あの燃えぐあいならば、間違いなく全焼だろう。

僕の夢は百パーセント当たる。近い未来、この家が火事になる。だが、断片しか視えなかったために、僕にはその原因がわからない。いや、確実になにかしらの火種になりそうなやつがふたりほど室内にいるのだが、いくら燃堂がアホで、海藤が漆黒の炎を操《あやつ》る妄想《もうそう》をしていたとしても、このふたりがうちに火をつけて帰っていくわけはないだろうし、やはり原因がわからない。未来は、些細《ささい》なきっかけさえあれば変えることができる。火種を今すぐに見つけることさえできれば、それで済《す》む話なのだが……。

今のところ、原因がまったく予想できない。

――やれやれ……これは困ったな……。

「おお？　そうそう、見舞いの品持ってきたんだった」

すると燃堂が、突然そんなことを言いだした。まさかこれか⁉　火事の原因となるものを持ちこんでいるんじゃないだろうな？　僕は燃堂の手もとを注視した。

しかし、予想に反して、燃堂が取り出したのは一冊のマンガ本だった。

「ヒマだろうと思ってよ。『シンジ』の第一巻持ってきたぜ」

――『シンジ』？　聞いたことないマンガだな。

受け取ると、表紙には『新世紀アイドル伝説　彼方《かなた》セブンチェンジ』という長いタイトルが書いてあった。そう略すのか。しかしそれにしてもやはり聞いたことすらないマンガだった。いや、前にイケさんが買っていたような気もするな……。そして『第一巻』というより『全一巻』というマンガだな。作者は誰だ？　なるほど。うん、まあ、なんというか、読んだことはないがおもしろい作品だと思う。

――ともかく、火事とは無関係か……。

ひとまず安堵《あんど》する。すると今度は海藤が、ポケットから小型の何かを取り出した。

「斉木、ゲームはやるか？　ヒマだろうと思ってな、これを持ってきたんだ」

海藤が手にしていたのは、メモリーカードだった。

「『ワンダーアドベンチャー』の『プラズマ戦士』装備をコンプリートしたデータだ。これで隠しダンジョンも攻略できるぞ」

聞いたことすらないゲームのよくわからない装備データという糞《くそ》の役にもたたないものをもらった。いや、初期化してこのメモリーカードだけありがたく使わせてもらおうか。

——これでもなさそうだな。

僕はメモリーカードを何度も何度も注意深く観察した。中身《データ》以外に、特に異常はない。

しかし、わからない。一体どうしたら火事になるのか。そのワンダーなんとかというソフトはうちにはない。今から三人でゲームをしてメモリーカードを挿《さ》した途端ゲーム機が爆発とか、そういった流れにはどうもなりそうにない。いや、なったら困るのだが。

僕が火事の原因を考えながら首をひねっていると、

「どうしたんだ斉木？　やっぱりまだ体調が悪いんじゃないか？」

そう言って海藤が顔を曇《くも》らせた。まずいな。さすがにメモリーカードを調べ続けるというのは不審だったか。

「そうだ！　実用的なものも持ってきたぞ。風邪と聞いたからマスクをな」

ごそごそと、海藤はバッグをあさりはじめた。そして——

「『デストロイモンスターマスク』だ。行きつけの店に新色が入荷していてな」

——風邪とまったく接点のないマスクがきた……。

バッグの中からずるりと取り出されたのは、パーティーグッズとして売られているものであろう、ラバー製の馬なのだか牛なのだかよくわからない化物《ばけもの》のかぶりものだった。

——まったく実用性がない品物だ。これ、一体どこで使えばいいんだ？

海藤から渡されたマスクをじっと眺める。ノリでひとつ買って満足するような代物《しろもの》だ。

「かっこいいだろ？　実は俺のとおそろいなんだ」

目を輝かせながら海藤が、バッグを開けて中に入っている色違いのマスクを嬉《うれ》しそうに見せつけてくる。同じのをふたつも買うやつがここにいたか。

——これも、火事とは関係なさそうだな……。

マスクを手にしながら、思考する。僕の予知は確実に当たる。それもそう遠くない未来にだ。おそらくは今日中だろう。が、しかし、どうしても火事の原因がわからない。

「おー、すげえなこれ！」

燃堂が、ひょいと僕の手からマスクを取りあげた。気がつくと、僕は燃堂にマスクを奪《うば》われていた。まったく、心が読めないやつというのは、本当に行動が予測できない。

「おい貴様、それは斉木のために買ったものだぞ！」

海藤がマスクを取り返そうと手を伸ばすも、燃堂の方が背が高いため届かない。つま先立ちになって手を伸ばす海藤をあざ笑うかのように、燃堂がマスクを装着した。

「お？　なかなかいい感じだぜ！」

くぐもった声でそんなことを言う。

「返せっ！　くぅ……と、届かない……！」

「おお、なんかこれ薄暗くて落ち着くなあ」

燃堂、ガタイがいいからか、その馬のような牛のようなよくわからないモンスターのマスクをかぶるとまるでミノタウロスのように見える。よくよく見ていると、普段の顔よりもむしろしっくりくるんじゃないか？　マスクをつくった職人の腕がいいのだろうか。それとも、燃堂の顔が普段からデストロイモンスターに近しいのだろうか。それは定《さだ》かではないが、妙にしっくりとくる。

しみじみと眺めていると、ふいに燃堂と目があった。いや、あったのかこれ？　とにもかくにも、馬のような牛のようなそんな顔がじっと僕を見ていた。

「オウ相棒、そういやあ腹減ってないか？」

くぐもった声で、急にそんなことを訊《き》かれる。そして僕も言われて気がつく。そういえば、今日はほとんどちゃんとしたものを食べていない。ずっと寝ていたからな。

「よっしゃあ、そんじゃあ待ってろよ相棒。オレが今からうめえラーメンつくってやっからよ！　やっぱメシ食わねーと、治るもんも治らねーよな！」

顔はデストロイモンスター、身体は燃堂という奇妙な生き物が、そう言って部屋を飛び出していく。海藤が、あたふたしながらそのあとを追う。

「ちょ、ちょっと待てマスクが……！　さ、斉木、俺も行って手伝ってくる。燃堂は俺が見ておくから、安心して寝ていろ。風邪を治すには寝るのが一番だからな」

——海藤、残念ながらお前も不安要素なんだ。

海藤の心遣《こころづか》いはありがたいが、どうやらおちおち寝ているわけにはいかないようだ。やれやれ……やはり火事の原因はお前らか。たった今、夢の内容を理解した。

キッチンへと向かった燃堂と海藤を、千里眼で観察する。

風邪で寝こんでいるという設定上、迂闊《うかつ》に僕がウロウロするわけにもいかない。だがしかし、このふたりに好き勝手させていたら、明日にはこの見慣れた天井が美しい星空になってしまう。なんとしても阻止《そし》しなくては。

キッチンでは、今まさに調理がはじまろうとしていた。

海藤が食器棚からどんぶりを取り出し、マスクをかぶったままの燃堂が、カバンから袋ラーメンを取り出した。ご丁寧《ていねい》に持ってきたのか。

「しゃあっ！　うまいラーメンつくるぜぇ！」

燃堂が気合いを入れる。しかし僕はもう不安でしかたがなかった。だいたい、うまいもなにも、その顔がもうマズい。完全に怪物だ。いや違う。これはデストロイモンスターマスクだったか。だが、燃堂のあのごつくてでかい手を視ていると、とてもじゃないが料理なんてできるようには思えない。

そんな僕の心配をよそに、燃堂は置いてあった鍋《なべ》を軽く水ですすぐと、お湯を沸《わ》かしはじめた。ところであのマスク、ちゃんと前は見えているのだろうか？

火にかけられた鍋を視て、ここで僕は確信した。

――火事の原因となるのはこれだな。

鍋に張った水が沸騰《ふっとう》するのを待ちながら、袋麵《めん》の裏側の説明をじっと見つめる燃堂。あのマスクで、記載《きさい》された調理方法が読めているのだろうか……。不安だ。

マスクから、なにやらくぐもった呟《つぶや》きが聞こえてくる。

「……こんなの、だいたいの感覚でいいだろ？　お？」

――危険だ！　やはり燃堂に料理をつくらせてはいけない！

ここは燃堂よりもしっかりしているであろう海藤に、なんとかしてもらうしかない。頼む海藤、燃堂の料理を阻止してくれ。

僕は海藤に助けを求めようとそちらに目を向けた。燃堂から少し離れたところにいる海藤は、今まさに握《にぎ》りしめた包丁に己《おのれ》の顔を映しながらニヤリと口もとを歪《ゆが》めていた。

――ダメだ！　海藤は別の意味で危険だ。

「ククク……小型の得物《えもの》を扱《あつか》うのはひさしぶりだな……」

そしてそんなことを言いながら、台詞《せりふ》とは裏腹におぼつかない手つきでネギを刻《きざ》んでいく海藤。ごろりと転がるネギを手で押さえながら、伸ばした指すれすれのところを包丁がかすめていく。あまりにも手もとが危なっかしくて視ていられない。

――むしろ小型の得物のド素人《しろうと》じゃないか。

包丁を使うときは猫の手と、家庭科の時間に教わっただろうが。

切り終えたネギを持ち上げる海藤。案《あん》の定《じょう》、びろんとすべてが繋《つな》がっている。

「おいそれ切れてねーじゃねーか！」

「フッ、俺くらいの達人ともなると、ただふつうに『斬《き》る』だけではつまらんからな」

――ふつうに『切る』ことすらままならないやつが何を言っている。

ぐつぐつと沸騰しはじめたお湯に麵を放りこみながら、燃堂が文句を言う。

「このままじゃ使えねーだろうが！」

マスクをかぶった燃堂が、くぐもった声で叫びながら海藤の手から繋がったネギを強引《ごういん》に奪い取る。デストロイネギ泥棒——なぜかそんなフレーズが思い浮かんだ。

「ったくよぉ、しっかり切れよ……」

表情ひとつ変わらないマスクの中でぶつぶつとそんなことを言いながら、燃堂がネギを刻んでいく。仕事を奪われる形となった海藤もまた、なにやらぶつぶつと言いながら別の作業に取りかかっていた。

「さてと……ならば俺はタマゴでも割るとしようかな……。フッ、タマゴは栄養があるしうまいからな……。くっ、殻《から》が……馬鹿な……？　殻が入ってしまった……だと……⁉

これが『運命《さだめ》』だとでも言うのか……？」

——頼む海藤、その『運命《さだめ》』にあらがってくれ。

白身の中に殻が混ざってしまったタマゴを視つめながら、僕はげんなりとした。

「これ殻が入ってんじゃねーか！　ったくよぉ、ちゃんと割れよ……」

再び海藤の手からタマゴの皿を奪い取ると、燃堂がくぐもった「おっお」を言いながら、菜箸《さいばし》で殻やカラザをちゃっちゃと取り除いていく。我が家のキッチンで、ゆさゆさと馬なのだか牛なのだかよくわからない顔を揺らしながら、やたらと細かい作業に没頭するデストロイモンスターという悪夢めいた光景が繰《く》り広《ひろ》げられる。

「お？　そろそろ茹《ゆ》であがってきたんじゃねーか？」

吹きこぼれそうになった鍋のフタを素早くはずした燃堂が、菜箸で麺をほぐしながらタマゴと粉末スープを入れた。さらには、何を思ったのか、キッチンに置いてあった調味料を次々と片っ端《かたぱし》から放りこみはじめる。

——何をしている燃堂？　か、海藤、そのプロのシェフ気取りのモンスターを早く止めてくれ！　おい待て、なぜ今カレー粉を入れた？　もはや何をつくっているのかわからないレベルなんだが……。これ本当にラーメンをつくっているのか？

好き放題に調味料が放りこまれた鍋を菜箸でかき混ぜながら、燃堂が、マスクを脱いで腕で汗を拭《ぬぐ》った。火のそばに無造作《むぞうさ》にマスクが置かれる。

「ふう……あっちいなあ……。お？　ようやく前が見えるようになったぜ」

——やはり見えていなかったか……。

燃堂、その目でよく見てみるといい、お前の目の前にある鍋の中身が果たしてラーメンと呼べる代物であるかどうかを……。いや、もうそれどころではなくなるか……。

「お？　なんじゃこりゃあ⁉　マスクから黒い煙が……」

「馬鹿！　なにやってるんだ⁉　なんだこの煙⁉　ぐわっ、目があああっ⁉」

燃堂が放置したマスクが、直火《じかび》で炙《あぶ》られていた。マスクからは明らかに有害と思われる煙がもくもくと立ちのぼっている。煙に目をやられた燃堂と海藤が、涙を流しながら右往左往しはじめる。なるほど、これだったか。

今まさに、予知が現実のものとなる瞬間が訪れようとしていた。

――見つけたぞ、火種を……！

僕は、かっと目を見開いた。燃え広がりそうになっている炎を一瞬にして凝縮、瞬《また》く間《ま》に消滅させる。火を消したあとは、換気扇《かんきせん》だ。脳内で換気扇のスイッチを押すイメージをつくりあげる。見えない指先で作動させる。すると、すぐに換気扇がまわりはじめた。幸《さいわ》いふたりともパニックになっているうえ、ろくに前が見えていない状態だったので、この程度ならばバレることはないだろう。

煙が換気され、ようやく冷静になった海藤が、床に落ちていたマスクを慌てて拾った。

「よかった少し焦《こ》げただけだ！」

「危なかったぜ。今日は風も強《つえ》えし、火事には気をつけねーとな」

――出火原因が、もろにお前の不注意だったんだが。

ともあれ、これでうちが全焼するという未来は回避されたな……。

未来は、些細《ささい》なきっかけで変わるもの。もう大丈夫だろう。

そのまま、何事もなかったかのように調理を再開する燃堂と海藤を千里眼で眺めながら、僕はこの先自分に訪れるであろう不吉な未来を予知していた。いや、予知というか、容易《ようい》に想像できてしまっていた。


しばらくして――

目の前に、ごとんと音を立てて不吉な未来が姿を現した。

燃堂と海藤がつくったラーメン……らしき物体である。

「食えよ相棒！　超うめーぞ！」

――とりあえず、お前味見すらしていないよな？

「斉木、食欲がないのだろうが、無理してでも食べないと治らんぞ？」

――海藤……実は食欲はあるんだ。あるんだが、これは……。

箸を手にした僕は、目の前に置かれたどんぶりを見つめながら静止していた。

燃堂と海藤がつくったあくまでもラーメンと言い張るもの。その見た目は、驚くべきことになんとふつうだった。いや、むしろふつう以上の出来といってもいいくらいに、小綺《こぎ》麗《れい》な一品だった。だが、あの調理過程からはまるで想像できないその見た目の小綺麗さがかえって不気味だ。これはもしかしたら食べたら大変なことになるパターンのやつではないだろうか。超能力者でなくても、この次の展開くらい簡単に予知できてしまうことだろう。こういうのは昔から、見た目が平気そうなものほど、たいていの場合平気じゃない味になっているものなのだ。これを食べたら、自分が死ぬというあの夢まで当たってしまうおそれすらあるのではないだろうか。

――食べるわけないだろこんなもの……。

ぱっと見、ちゃんとしたラーメンであるものを眺めながら、僕は顔を強張《こわば》らせていた。燃堂と海藤が期待をこめた眼差《まなざ》しで僕を見守る。ふたりとも汗びっしょりだった。デストロイネギ泥棒だの殻の運命《さだめ》だのボヤ騒ぎだのがあって、たかだかインスタントラーメンひとつをつくるくらいでえらい苦労していたからな……。

このふたりは知らないが、千里眼で、僕はそれを視ている。

――くっ、しかたがない……！

勇気を持って、僕はその物体を少しだけ口に入れた。

バクバクいっている心臓の音を聞きながら、ゆっくりと噛《か》んで、飲みこんだ。僕が食べはじめたことで、燃堂と海藤がお互い顔を見合わせて安堵の表情を浮かべた。

すぐに、僕は持っていた箸を震わせた。

「どうだ相棒、うめえだろ？　お？」

「どうした斉木？　ま、マズかったのか……？」

僕は全身をわなわなと震わせていた。震わせていたからといって、別にラーメンがマズかったわけでも、ラーメンの中にシビレ生肉《なまにく》が入っていたわけでもない。ただ――

――嘘《うそ》だろ……？

めちゃくちゃふつうだったのだ。目の前のラーメンが。見た目通りに。

――燃堂、お前……料理できたのか……？

あまりにも意外な衝撃《しょうげき》の事実に、僕は戦慄《せんりつ》した。

まさか燃堂の舌が馬鹿じゃなかったなんて……。てっきり舌も馬鹿なものだとばかり思っていたが、これは驚いた。

いや、考えてみれば、ネギにタマゴ……ミスをしていたのは海藤だけだったような気もする。それにくらべて、燃堂はずいぶんと手際《てぎわ》がよかった。

――火事どころじゃない衝撃なんだが……。

そんなことを思いながら食べ進めていると、ふいに妙な感覚に襲《おそ》われた。

――いや待て……おかしい。どうもしっくりこない……。

スープを飲みながら考える。火事になる予知夢のことを。

僕の予知は絶対だ。先ほど、その未来は回避したはず……。だがなぜだろう……。どうもしっくりとこないのだ。あれで本当に火事になる未来は回避されたのだろうか？　燃堂がかぶったデストロイモンスターマスクはあれほどまでにしっくりときたのに、この件だけはなぜかまだしっくりこないでモヤモヤとしている。

――まだ、火事になる未来を回避できていないというのか……？

ラーメンをじっと見つめながら、思考する。

――まだなにかあるというのか……？

「オウ相棒、おかわりたくさんあっからよ、食ってくれ」

――そっちもまだあるというのか……。

どうやら、燃堂の手際の良さを完全に見誤っていたようだ。まさかおかわりまで用意しているとは思わなかった。しかし、まだ火事になる未来を回避できていないとするのならば、僕はともかく燃堂に海藤――このふたりをこれ以上放置するわけにはいかないな。

燃堂のことだ、これから先火事が起きたら病気で寝こんでいる僕を抱《かか》え、そして海藤も抱えて無謀《むぼう》にも脱出を試みようとするだろう。人の話などまるで聞かずに、無茶をするだろう。予知するまでもなくそうなることは目に見えている。

海藤は海藤で、いつものキャラを忘れて素《す》に戻ってしまうだろう。そしてこれまた病気で寝こんでいる僕の安全を自分の身の安全よりも先に考えて動くだろう。海藤は人がいいからこそ、そういう危なっかしいところがある。予知するまでもなくそうなることが手に取るようにわかる。

だからこそ、このふたりを巻きこむわけにはいかない。

ここにいさせるわけにはいかないのだ。

——せっかくつくってもらったところ悪いが、さっさとお帰りいただこうか。

僕はゆっくりと箸を置いた。ふたりには早いところこの家から出て行ってもらわなければならない。僕ひとりならば、火事などどうとでもなるのだから。

ふたりが帰りさえすれば……。

いや、それでいいのだろうか？　僕は本当にそれでいいのか？

——くっ……。

再び側頭部にズキッとする痛みが走る。瞬間、脳内に無数の映像が流れこんでくる。

——なるほど、そういうことか。まさかこれで、火事が回避できるとはな。

僕は、置いた箸を手にするとあらためてラーメンを食べはじめた。


——少し、食べ過ぎたかもしれない……。

口もとを押さえながら、僕はその場でうな垂《だ》れていた。あれから、出されたラーメンを食べ続け、満腹を通り越して、もはや動くことすらできなくなってしまっていた。

——ダメだ……本格的に苦しくなってきた……。

僕は、どさりとベッドに倒れこんだ。

「お？　相棒？　どうした？」

「フッ、疲れたのだろう……。役目は果たした。俺たちもそろそろ帰るとするか」

海藤が、動けなくなった僕にそっと毛布をかけ、ついでとばかりに、先ほどまで燃堂がかぶっていたデストロイモンスターマスクをかぶせていく。

――なんだこの拷問《ごうもん》……。

「じゃあな相棒、また明日《あした》学校でな」

「斉木、早く良くなれよ」

そう言うと、燃堂と海藤は静かにドアを閉めて、部屋をあとにした。

ふたりが廊下を歩いていく音を聞きながらしばらく横になっていると、少しだけ気分が良くなってきた。かぶせられたデストロイモンスターマスクをはずして、僕は静かに溜息《ためいき》をついた。

――やれやれ……やっと静かになったか……。

それにしても――と僕は考える。

誤算だった。まさか燃堂と海藤が見舞いに来るとはな。小学校や中学校のときには誰も来なかったから、そこまで考えがまわらなかった……。

ガシャンと、玄関でドアが閉まった音がする。帰ったか。すると窓の外から、燃堂の馬鹿でかい声が聞こえてきた。

「お？　今なんか踏んだか？」

そして、ラーメンを食べることで未来が変わるとはな。誤算だった。

すっかり薄暗くなった部屋で寝転がりながら、燃堂と海藤の会話に聞き耳を立てる。

「なんだよ、タバコの吸い殻じゃねーか。こんなところに捨てるんじゃねーよ」

「見てしまった以上放置はできんな……。ゴミ箱を探して捨てるとしよう……」

——どうりでしっくりこなかったわけだ。

火事の原因——火種。それは、たった今燃堂が踏んだ火のついたタバコの吸い殻だ。燃堂が踏まなければ、それが僕の家に火をつけていたのだ。

そんな馬鹿なと思うかもしれないが、未来とは些細なことをきっかけとしてその姿を変えるもの。僕がラーメンを残さずに食べることで、それを見ていた燃堂の帰りがほんの少しだけ遅れる。そこへ偶然、火がついたまま捨てられたタバコの吸い殻が風で飛ばされてくる。家を出た燃堂がそれを踏みつぶす。本来ならばそのまま飛んできて僕の家に火をつけるはずだった吸い殻を、燃堂が踏み消す。これで火事は起きない。最悪の未来は回避されたのだ。

――燃堂、予想外な行動ばかりのお前が、今回ばかりは計算通り踏んでくれたな。

ふたりの声が遠ざかっていく。すぐに、あたりはしんと静まりかえった。

ぼんやりと見慣れた天井を見上げていると、聞き慣れたはずの時計の音が、やけに大きく感じた。先ほどまで燃堂と海藤がいて騒がしかったせいか、部屋がいつもよりもずいぶんと静かに、そして広く感じる。それに、なんだか少し肌寒《はださむ》い。

――いや、ちょっと待て。

なんだこれは？　まさかこの僕が寂《さび》しいだとかそんなことを思っているのか？　いや、それはない。絶対にない。うるさいやつらがやっと帰ってくれてむしろ嬉《うれ》しいくらいだ。のんびりとようやくひとり静かに過ごせるようになってよかったんだ。僕は今までもずっとこうして生きてきた。小学生のときも、中学生のときも、こうしてひとり静かに生きてきた。僕は自分でそういう生き方を選んだのだ。自分の意志で、決めたんだ。

しかし、ふと考えてしまう。

不思議なものだ。燃堂や海藤がお見舞いに来て、料理をつくって帰っていくということが、僕の変化した未来に、すでに織りこみずみとして組みこまれていたのだから。

未来とは、ほんの小さなきっかけで変わるもの。ならば、燃堂と海藤と出会って、僕の未来もまた変わっているのだろう。そして、これから先も変わっていくのだろう……。

——燃堂と海藤……あのふたりと同じクラスにならなければ、あのふたりと知りあっていなければ、今日のお見舞いもなかったのか……。

お見舞いなんてされたことないせいか、どうもモヤモヤする。このモヤモヤとした気持ちはなんだ？　火事の件はちゃんと解決してしっくりときたのに、まだ全然しっくりとこない。一体なんなんだこの気持ちは？　こんなの今まで経験したことないぞ。

薄暗い部屋でひとり横になりながら、僕は先ほどから何度も脳内に浮かぶある単語を、再び瞬時に否定する。

——ああ、くそっ、寂しいわけないだろ。この僕が。

胸の内にあるこのモヤモヤとした気持ちを振り払うため、ベッドの上で何度もごろごろと転がる。転がっても転がっても、どうもしっくりとこない。落ち着かない。

まったく……テレパシーのオン・オフができずに苦労していると以前言ったが、この能力の唯一《ゆいいつ》の救いは、僕の心の声が垂れ流しになっていないということだな……。

改めて、そんなことを考える。

こんなにもモヤモヤとした気持ちを人に聞かれては、恥ずかしいどころではないからな。特に燃堂や海藤に聞かれたら、恥ずかしくて生きていけなくなるだろう。

苦笑《にがわら》いを浮かべながら、燃堂が持ってきたマンガに手を伸ばす。

僕の心の声が誰にも聞かれなくて、本当によかった。つくづくそう思う。

——フッ、なんだ？　読者がいるって？

そういえば、今まさにこの文章を読んでいる君がいたな……。

だが、大丈夫だ。

たとえ読者であろうと、僕の心の声を読むことはできない。このモヤモヤとした気持ちの正体だってわからないはずだ。そもそも、僕がこうして正体不明の感情に振りまわされていることすら、わからないだろう。わかるわけ、ないのだ。

——だって、今これを読んでいる君は超能力者ではないのだから。

指を向けて念じただけで、部屋の明かりが点《つ》く。

僕は超能力者。このくらいは朝飯前だ。もうまもなく夜になるがな。

煌々《こうこう》と明るくなった部屋で、僕は静かにマンガを開いた。

# あとがき

小説版斉木《さいき》楠雄《くすお》の物語はいかがでしたでしょうか？　最初ノベライズ化の話を聞いた時、僕は編集部の正気を疑いました。

仮に小説の内容が面白くても、こんな知名度もない、ましてやギャグ漫画のノベライズなんて一体誰が買うんだと、製作中はずっと不安でした。

結局その不安は解消されぬまま今に至るわけですが、今この文を読んでる人が居《い》るなら多分大丈夫…なはず。


と、いきなり自虐《じぎゃく》してしまいましたが、内容はとてもいいモノが出来たと思います！

それもこれも全て僕の漫画を過去作まで読み込んで、キャラクターをしっかり掴《つか》み、素晴らしい小説を書いて下さったひなた先生のおかげです！

自分の漫画のキャラを一読者として見る貴重な経験が出来ました！

僕も週刊連載というハードなスケジュールの中、さらに同時発売の単行本作業をやりながら、この本のカバーとピンナップと挿絵《さしえ》を描けという編集部の正気への疑いを確信に変えつつ頑張りました…。途中センターカラー入れてきた時は泣きながら『じゃらん』で逃亡先を探した程《ほど》です。

こんな不安定な漫画をノベライズ化して下さったひなた先生、そしてここまで読んで下さった皆様、本当にありがとうございました!

麻生周一

# ATOGAKI　ファンタスマゴリア

ククク……。まだ気がつかないのか？　我《われ》だ。『ダークサンシャイン』だ。

それとも、『沈まぬ太陽《ライジングサン》』と、あえてそう名乗ったほうがわかりやすいかな……？

ふふっ、知らない……か……。なるほどな……。まだ目覚めていないのか？

しかたがない。ならば世を忍ぶ仮初《かりそ》めの名を名乗ろうではないか。

そう私だ。『ひなたしょう』だ。

えっ⁉　本当に知らない……だと……？　くっ、『やつら』の妨害工作か⁉

連中はいつもそうだ。手段を選ばないことで有名だからな……。

だがしかし、この程度の精神攻撃が我に通用すると思ったか？

ふん、『組織』の連中め。これまでも『担当編集者』から送られてきた大事なメールを文字化けさせたり（実話）、差し入れと称して『雄二郎《ゆうじろう》』と名乗る男が斉木《さいき》のコスプレをして満面の笑《え》みを浮かべている写真が送られてきたり（実話）、校正のときに手違いでエイワズのページだけがなぜかピンポイントで抜けてしまっていたり（実話。これはマジで怖かった）、などなど、多種多様な妨害工作に勤《いそ》しんでいたようだが、そんなものでこの我を止めることができると本気で思っていたのか？　なんともおめでたい連中よ。

ふはははは、もはや誰にも我を止めることはできんのだ！　覚えておくがいい。この我を止めることができるのは、この世でも『担当編集者』くらいだ！

フッ……。それからあと、『副編集長』や『編集長』くらいだ……！　ククク……。

むっ？　なんだ？　不穏な気配……？

そして先刻からくり返し家中に鳴り響いているこの音は、いったい……？

——まさか『雄弁なる人差し指《サモン・チャイム》』……？

ふっ、なるほど。『集英社《ワイズマン》』か。『走馬灯《あとがき》』の回収に来たな。

やれやれ、『NECO』に『魔の主食《カリカリ》』をやる刻限だというのに、しかたがない……。

立ち上がり『現世と隔離世の狭間《インターホン・モニター》』を見やる。しかし——

——こ、これは……!?　馬鹿な……！

慌てて『玄関』の『扉《ゲート》』を『解き放つ』も、そこにはただ『無』があるのみ。

——そんな……まさかこれは、『彼方からの呼び声《ピンポン・ダッシュ》』……!?

いったい誰が……？　『担当編集者』……いや、間違いなく『組織』のしわざだ。なんてことだ。まだ、『麻生《あそう》先生』に感謝の言葉すら述べていないというのに……。

ええいっ、ならば『刹那《せつな》の刻《とき》』に『述べる』としよう……。まずは、この『ノベル』の

『制作』に携《たずさ》わった、『生きとし生けるすべてのものたち』よ、礼を言おう。

そしてクックック……『麻生先生』……。

大好きなこの作品の『ノベライズ』を『執筆《ラスタライズ》』することができて光栄に思っています。

お忙しい中、すばらしい『イラスト』の『数々を』本当にありがとうございました！

それから、今これを読んでいる『斉木ファン』『麻生先生ファン』の皆様、いろいろと至らぬところなどあったかと思いますが、マンガとは違う媒体で表現された『斉木楠雄《くすお》』の『世界』に、『新たなる可能性』を少しでも感じてもらえたとしたら、ノベライズ作者として、そしてひとりの『斉木ファン』としてこれほどまでに嬉しいことはありません。

最後まで読んでくれて本当にありがとう。そして『走馬灯《こんなところ》』にまでつきあってくれて、本当に本当にありがとう。君が苦笑いを浮かべながら今これを読んでくれていることは、ちゃんとわかっている。僕は超能力者じゃないけどね。

……チッ、柄《がら》にもなく少し『本音』でしゃべりすぎたようだ。エイワズ!!

ひなたしょう

■初出
斉木楠雄のΨ難　EXTRA STORY OF PSYCHICS　書き下ろし

# [斉木楠雄のΨ難] EXTRA STORY OF PSYCHICS

2013年5月7日　第1刷発行
2020年9月12日　第14刷発行

著　者／麻生周一 ◉ ひなたしょう

編　集／株式会社　集英社インターナショナル
〒101-8050　東京都千代田区一ツ橋2-5-10
TEL　03-5211-2632（代）

装　丁／勝亦一己

編集協力／添田洋平

編集人／千葉佳余

発行者／北畠輝幸

発行所／株式会社　集英社
〒101-8050　東京都千代田区一ツ橋2-5-10
編集部03-3230-6297　読者係03-3230-6080
販売部03-3230-6393（書店専用）

印刷所／図書印刷株式会社

© 2013　S.ASOU／S.HINATA

Printed in Japan　ISBN978-4-08-703289-5 C0093

検印廃止

本書の一部あるいは全部を無断で複写複製することは、法律で認められた場合を除き、著作権の侵害となります。また、業者など、読者本人以外による本書のデジタル化は、いかなる場合でも一切認められませんのでご注意下さい。

造本には十分注意しておりますが、乱丁・落丁（本のページ順序の間違いや抜け落ち）の場合はお取り替え致します。購入された書店名を明記して小社読者係宛にお送り下さい。送料は小社負担でお取り替え致します。但し、古書店で購入したものについてはお取り替え出来ません。